L'espion allemand

Richard G. Hole

L'espion allemand
Un roman sur la Seconde Guerre Mondiale

Richard G. Hole

La Seconde Guerre Mondiale

SYNOPSIS

Il se dirigea vers un placard en le collant au mur de droite. Un costume suspendu et une valise apparurent devant ses yeux. Il toucha le costume sans entendre le bruissement du papier auquel il s'attendait. Il se souvenait très bien qu'elle lui avait dit qu'il portait une enveloppe avec des instructions.

Il ouvrit la valise, qui semblait complètement vide.

Il serra les dents en poussant un juron. Il a commencé à palper la valise, en vain. C'était très simple et il n'était pas possible de penser à un double fond. Bien sûr, il fallait vérifier...

Mais à ces moments-là, il était paralysé, presque aveuglé par la lumière, bien plus intense que celle de la lampe torche, qui avait soudainement frappé la pièce. Puis il entendit la porte de la chambre se fermer doucement et une voix dit :

"Ne bougez pas. Je te vise...

L'ESPION ALLEMAND

1

Le Tegeler See, situé au nord-ouest de Berlin, entouré de pelouses vertes et de forêts, avait l'air serein, placide, à l'été 1942.

Les eaux calmes et bleutées, calmes, presque immobiles, semblaient également dotées de l'atmosphère particulière qui entourait la ville de Berlin, où tout indiquait que la guerre était gagnée. La confiance du peuple était presque absolue à cet égard.

La surface du lac présentait les couleurs joyeuses que prêtent les petits voiliers, les bateaux de plaisance et quelques sloops qui naviguent paresseusement. Les jetées, sur les bords du lac, étaient encombrées de petits bateaux à voile blanche, et de gens qui interrompaient la placidité de l'atmosphère par leurs conversations un peu timides.

Une femme marchait en direction d'un des sloops amarrés au minuscule quai.

Une femme aux longs cheveux bruns foncés, grande, avec une taille étroite et une poitrine haute. Elle portait un pull rose clair et une jupe légèrement plus foncée ; la jupe, bien que non provoquée, s'accrochait à ses hanches, soulignant des formes douces et fermes. Son visage, un peu long, mince, avec des pommettes légèrement saillantes, avait un attrait étrange, malgré le pli un peu dur des lèvres roses de la femme. Une paire d'yeux bleus, intelligents, un peu froids, distants, ajoutait à la personnalité de Gretel Hagen.

Gretel grimpa avec désinvolture sur les échelles blanches et claires du sloop et monta sur le pont du bateau. Elle a soulevé l'échelle à bord elle-même. Puis il regarda l'homme adossé au mât de l'engin léger.

L'homme sourit.

— Allons-nous nous promener, Gretel ?

" Ce sera pour le mieux, n'est-ce pas ? " murmura la femme.

"Naturellement. Il fera bientôt nuit, et le Tegeler ne se prête jamais mieux aux confidences... de quelque nature qu'elles soient.

"Je comprends" sourit Gretel.

Lorsque Gretel souriait, que ses pommettes se soulevaient légèrement et que ses pupilles bleues perdaient de leur sang-froid, il semblait aussi qu'elle se rapprochait de son interlocuteur.

L'homme s'avança à grands pas, tenant la tige. Il s'assit sur un tabouret près du pont et fit signe à Gretel que le sloop, les voiles tendues dans la brise, se détachait.

Tout y était naturel. Quiconque aurait prêté attention à cet étrange couple aurait haussé les épaules. On dit le couple étrange parce que cet homme avait au moins le double de l'âge de Gretel. Même cela é

Gretel s'assit à côté de l'homme, silencieusement. Elle laissa la brise lui ébouriffer légèrement les cheveux et prit une profonde inspiration. Cette promenade au bord du lac serait, après tout, un sédatif ; un peu d'évasion du stress qu'elle avait enduré pendant environ six mois. Ce serait une évasion tant que cet homme, Horst Anthelme, ne dira pas le contraire.

Enfin, sereinement, Gretel regarda l'homme et dit :

— Ce doit être quelque chose d'important, Horst.

L'homme sourit.

"Et dangereux," dit-il. J'étudie votre dossier et j'ai l'homme qu'il nous faut.

« Où est-il ? », a demandé Gretel.

« À Stockholm.

Gretel arqua un sourcil en regardant Anthelme.

« Stockholm ? Que fait l'un de nos meilleurs hommes à Stockholm ? La Suède est neutre », a-t-il déclaré. Eh bien... Je suppose que ce doit être l'un des meilleurs, puisque vous l'avez remarqué.

— C'est vrai, dit Anthelme. Une anti-nazi en colère, Gretel. Et pas seulement pour cette raison que je l'ai choisi ; d'autres facteurs ont joué un rôle. Par exemple, c'est précisément à Stockholm. Je tiens à préciser « il a souri » ce qui l'aurait choisi même s'il était en Afrique, vous comprenez ?

— Vous avez pleinement confiance en lui, murmura Gretel. Qui est-ce?

« Il s'appelle Max Kropelin.

Gretel secoua la tête.

"Je ne le connais pas personnellement", a-t-il déclaré.

"Non? Eh bien, vous le rencontrerez très bientôt.

Gretel se tendit légèrement. Il regardait cet homme, la cinquantaine, presque chauve, avec des lunettes myopes, de faible carrure, mais qui dégageait néanmoins un sentiment d'intégrité, d'une certaine force mystérieuse.

"Voulez-vous dire que je dois partir pour Stockholm ?", s'enquit la jeune femme.

— Vous avez parfaitement compris, dit fermement Anthelme.

Gretel soupira.

« Quand ? » demanda-t-il,

« Serait-ce ce soir ?

"Je crois que oui.

" Tu penses ? " demanda Anthelme sans regarder la femme.

"D'accord, ce sera ce soir.

Anthelme hocha la tête.

"La route sera Rostock-Copenhague-Stockholm", a-t-il déclaré. Vous irez seul. Vous ne serez en contact avec personne sauf, bien sûr, Max Kropelin. Je suis désolé de devoir vous mobiliser, mais je ne peux pas permettre à la Gestapo de détruire notre organisation par un faux pas. Maintenant, nous commençons à devenir forts, Gretel. L'information que nous devons transmettre à Max Kropelin me vient de notre groupe antinazi à Paris, ce qui signifie que nous serons bientôt un danger pour le nazisme.En outre, bien sûr, nous devons aussi lutter contre les ennemis de l'Allemagne. Nous nous battons donc sur deux fronts.

— Je sais tout cela, Horst, dit la jeune fille. De quoi s'agit-il cette fois?

Anthelme sourit à nouveau, les verres de ses lunettes clignotant.

« Fais attention, Gretel. Je suppose que vous comprenez le danger de se promener avec des documents. Par conséquent, vous devez confier toutes mes instructions à votre mémoire », a déclaré Anthelme.

— Je sais, murmura Gretel.

Anthelme alluma une cigarette, d'une main ferme, laissant la barre du sloop entre les mains de Gretel, qui était déjà presque au centre du lac, lorsque les premières lumières brillèrent à Berlin, comme des yeux étranges, des nyctalopes.

Un certain nombre de sloops circulaient autour du lac, dont certains se dirigeaient vers la rive ouest pour profiter de la fraîcheur de la forêt de Tegelort.

Après avoir fumé quelques instants en silence, Horst Anthelme a commencé à parler, sans être interrompu par Gretel plus d'une ou deux fois. Quinze minutes plus tard, la femme répétait mot pour mot. Les instructions d'Anthelme, qui, souriant légèrement, hocha la tête.

"Parfait," dit-il alors.

"Mais il y a un point à éclaircir", a déclaré Gretel. " Dois-je partir clandestinement ?

"Oui. Gardez à l'esprit que, si vous demandiez à quitter le pays, vous seriez entièrement sur la liste de la Gestapo. Ils vous fourniraient votre passeport dans l'intention de vous soumettre à une surveillance.

"C'est certain. En fait, la sortie légale est aussi dangereuse que la clandestine. Je préfère ce dernier », a déclaré Gretel.

« N'oubliez pas que le plus grand risque pour vous sera à Copenhague. C'est là que vous devrez déployer toute votre ruse. On sait parfaitement que la Gestapo est beaucoup plus jalouse dans les pays occupés.

"Ne t'inquiète pas pour moi, Horst," répondit Gretel.

Sans plus tarder, il quitta le banc qu'il occupait à côté d'Anthelme, et se dirigea vers l'avant. Peu de temps après, elle portait un maillot de bain noir, qui s'adaptait parfaitement aux parties que le maillot de bain devait cacher, et révélant la peau blanche et douce d'autres parties du corps.

Il y eut un léger clapotis et la fille s'enfonça dans les eaux du lac, tandis qu'Anthelme, souriant, tournait le volant en rond pour que la brise n'emporte pas le sloop.

Il vit Gretel réapparaître et comprit ce que la jeune femme voulait avec cet effort de nage : se calmer les nerfs, calmer son cerveau. Il était même possible que Gretel pense qu'elle ne pourrait plus jamais se baigner dans ce lac.

* * *

Cet homme, assis sur une table de chevet face à la mer, fumait nerveusement. Maintes et maintes fois, son cerveau enregistra les mots écrits sur une petite note, que quelqu'un avait glissé dans sa poche la nuit précédente.

Ce quelqu'un ne pouvait être que cette femme, avec qui il avait croisé quelques mots en suédois.

Max Kropelin se souvenait parfaitement de tout. Après une rencontre fortuite de la part de cette femme, ils ont bu un verre ensemble. Une femme énigmatique et belle, dont le tempérament, devina Max, était très différent de celui des Suédois fanés, qu'il aimait, car un homme ne s'ennuie qu'à certains moments.

Pourtant, cette femme prouva, au dernier moment, que Max s'était trompé : elle le laissa un peu moins planté, bien que, oui, souriant. Et les femmes qui sourient dans les moments dangereux ont tendance à avoir un caractère ferme.

Max Kropelin l'avait vue sortir de la table de chevet en soupirant. Une autre nuit seul.

Plus tard, dans son appartement loué devant les chantiers navals de Stockholm, il a trouvé la note. La première chose importante qui sauta aux yeux de Max était qu'il était écrit en allemand : « Ich komme einen morgen wieder ». Cependant, la femme parlait en suédois.

Max réfléchissait à la question et se sentit mal à l'aise lorsqu'il réalisa que cette femme avait découvert sa véritable nationalité. Et probablement bien d'autres choses. Quoi qu'il en soit, l'idée que la belle ne faisait qu'essayer un rendez-vous plus ou moins destiné à la préparation de l'intimité, qui d'ailleurs doit être très agréable, avait déjà été rejetée par Max.

C'est pourquoi cet Allemand de stature ordinaire, mais fort, aux larges épaules et à la tête teutonique, attendait avec une certaine impatience. La beauté pourrait être un piège.

Même avec une pensée aussi profonde, Max ne put s'empêcher de commencer à découvrir Gretel Hagen, marchant lentement, debout, vers la table que Max occupait sur la table de chevet.

Max, souriant pour cacher sa méfiance, se leva, saluant d'un bon hochement de tête.

« Asseyez-vous, dit-il alors.

Gretel obéit, prenant place en face de Max.

« Ma note vous aura causé quelques ennuis » dit directement Gretel en le fixant.

" Pourquoi devrait-il me déranger ? " Max sourit. Au contraire, cette citation...

« Arrête de faire l'imbécile, Max Kropelin » coupa la femme en baissant la voix et en souriant, comme si elle avait dit à Max un peu de tendresse.

Max ne broncha pas.

« Vous connaissez aussi mon nom, dit-il. Rien d'autre ?

« D'innombrables choses. » Gretel sourit à nouveau, même si ses yeux restaient un peu froids, fixés sur ceux de l'homme.

"Pourquoi n'a-t-il pas été découvert la nuit dernière ?", a demandé Max.

« Simple précaution. Je voulais savoir si quelqu'un avait été curieux à mon sujet, Kropelin ", a déclaré Gretel". Et je voulais savoir quel effet la note provoquait. Toute la journée, j'ai marché dans Stockholm sans remarquer qu'ils me suivaient. Ça me rassure, tu comprends ?

"Bien sûr. Quoi qu'il en soit, je préférerais que nous parlions dans un endroit plus sûr... en supposant que vous ayez quelque chose à me dire.

« Pour quelle raison pensez-vous que je vous ai convoquée ? » demanda sèchement Gretel.

"Bien..." Max sourit, légèrement. D'accord. Et il est vrai que la note m'a causé quelques maux de tête, puisqu'elle supposait que vous aviez découvert mon identité. J'en suis venu à craindre un piège.

" Plus maintenant ? " S'enquit, avec une certaine ironie, Gretel.

"Parce que? Maintenant, nous sommes ensemble, n'est-ce pas ?

Gretel cligna des yeux. Il se souvint de ce que Horst Anthelme lui avait dit au sujet de l'homme, bien préparé à toute éventualité. D'ailleurs, Max n'était pas du genre à flancher. Seule une étincelle d'acier dans ses pupilles bleu-gris montrait que rien ne le prendrait au dépourvu.

« Allons-nous dans cet endroit plus sûr ? » a demandé Gretel, en réponse.

"D'accord. Ce sera chez moi.

Gretel pinça les lèvres, très fines.

"Peut-être que quelqu'un..." commença-t-il à protester, faiblement.

"Ne t'inquiète pas" Max sourit d'un air moqueur. Ce n'est pas la première fois qu'une femme entre chez moi la nuit. Personne n'en tiendra compte. Ou peut-être avez-vous peur ?

« Tu n'as pas besoin d'être cynique, Kropelin, dit Gretel. Sinon, je n'ai pas peur. Ce n'est pas la première fois que j'entre la nuit chez un homme.

"Très bien. On va changer de sujet, "grogna Max, un peu rabaissé par la réponse de Gretel." Allons-y?

Il a laissé une poignée de couronnes sur la table en paiement de sa boisson. Il se leva, debout à côté de Gretel. Ils descendirent tous les deux l'avenue Ostergotland, large, dont les phares éclairaient les jardins, dans lesquels se promenaient de nombreux couples.

Deux minutes plus tard, Max et Gretel se mêlaient à ces couples.

2

En manches de chemise, Max Kropelin, près de la fenêtre de cette pièce qui donnait sur les chantiers navals, contemplait les lointaines lumières rougeâtres qui faisaient rougeoyer les eaux de la Baltique, correspondant à tant de péniches de pêche.

À gauche, vous pouviez voir une partie du lac Malar et certaines des minuscules îles et péninsules sur lesquelles se trouve Stockholm, appelées par certains la Venise du Nord.

Max Kropelin se tourna vers Gretel, assise sur un canapé, et alluma une cigarette.

"Horst Anthelme l'a envoyé, d'accord," dit Max en soufflant une bouffée de fumée. Pourquoi toi?

"Certaines choses peuvent être mieux résolues par une femme que par un homme", a déclaré Gretel. " Par exemple, le voyage de Copenhague à Malmö, dans ces paquebots de ligne, je l'ai fait dans une cabine d'homme. Je l'ai convaincu qu'il fuyait la police danoise, parce que si je l'appelais la Gestapo, il aurait peut-être renoncé à être gentil, après tout, je savais comment le tenir à distance,

Max eut un sourire en coin. Il s'assit à côté de Gretel.

« Maintenant, lancez-vous », a-t-il dit.

« Un de nos agents à Paris a réussi à découvrir un espion soviétique du 'Gilbert Group', une émanation de la 'Rote Kapella'. Nous savons tous que les Soviétiques à Paris se consacrent à communiquer les mouvements de nos troupes d'ouest en est de l'Europe. Cependant, il y a eu un échange d'informations, c'est pourquoi notre agent a découvert quelque chose d'important : il existe un réseau dédié au sabotage à Stockholm.

Max fronça les sourcils.

« Quel genre de sabotage ? s'enquit-il.

"Je pensais que vous auriez découvert quelque chose", a déclaré Gretel.

"Eh bien, il avait tort," grogna Max. Je ne suis qu'un déserteur de l'armée ; un homme que la Gestapo recherche ; et surtout un antinazi. Il est vrai que j'ai effectué quelques missions, mais elles m'ont été très bien exposées par les informateurs. Normalement, je me consacre uniquement à contrôler le groupe croissant d'anti-nazis à Stockholm, dans l'espoir qu'un jour nous serons assez forts pour faire tomber Hitler. C'est, clair et simple, ce que j'espère,

Gretel se mordit la lèvre inférieure.

"D'accord," dit-il. Je vais continuer, Vous savez que l'Allemagne achète de l'acier suédois ; un matériel de guerre essentiel,

"Je le sais" répondit Max.

"Plusieurs des navires n'ont pas atteint l'Allemagne", a déclaré Gretel. Cela a été caché par la Gestapo, craignant une perte de prestige au sein du parti.

"Ouais..." - marmonna Max.

"Même certains de ces navires ont sauté ici, dans le port de Stockholm", a poursuivi Gretel. " Il s'agit donc de démanteler ce réseau soviétique. L'acier doit atteindre l'Allemagne ; nous en avons besoin pour continuer la guerre. Une guerre qui sera peut-être gagnée par l'Allemagne, mais jamais par le NSD A P. Si nous la perdons, avec un régime interne plus humain nous pourrons adoucir la tension avec les alliés.

Max hocha la tête.

"C'est clair", a-t-il déclaré. Que savons-nous d'autre de ce réseau ?

"Un homme du nom de Pavel Yfremov, a quitté Paris, probablement via Oslo, avec une enveloppe d'instructions", a déclaré Gretel. " Il a été décidé de libérer Yfremov afin que, d'ici à Stockholm, il puisse être suivi et découvrir l'ensemble du réseau. Yfremov est peut-être sur le point d'arriver.

Max Kropelin quitta le canapé et fit quelques pas dans la petite pièce. Son large front s'était plissé, dénotant la tension de son cerveau. Gretel trouva qu'il ressemblait fort peu à l'épaule qu'elle avait vue la veille, sur la table, à un garçon un peu insouciant, très animé par la perspective d'une conquête possible, et avec l'apparence de n'importe quel ouvrier suédois.

Max Kropelin ressemblait maintenant à un homme, prêt à se battre.

" Que sais-tu d'autre sur cet Yfremov ? " demanda soudain Max en regardant Gretel droit dans les yeux.

« C'est un homme de plus de quarante ans ; cheveux foncés; quelque chose d'épais, ressemblant à un marchand de n'importe quel pays, y compris l'Allemagne.

Max rit sèchement.

"Parfait. Les Russes savent choisir, ont dit leurs hommes. Pensez-vous qu'avec ces informations, nous avons une forte probabilité de succès ?

Gretel haussa les épaules.

— Horst a dit que tu l'avais fait.

"Horst Anthelme me surestime", grogna Max. Quoi qu'il en soit, je suppose qu'il n'y a pas d'autre alternative que de chercher Yfremov. C'est une pièce trop précieuse pour que nous puissions en discuter. Vous dites que vous êtes sur le point d'arriver ?

"Oui.

« N'y a-t-il pas une possibilité qu'il soit arrivé ?

"Il y a une possibilité, bien sûr", a déclaré Gretel.

Sans plus tarder, tournant le dos à cette femme, Max Kropelin se dirigea vers le téléphone, situé sur une petite table coincée dans la pièce. Rapidement, alors qu'il aspirait la fumée de cigarette, il composa un numéro.

Il attendit quelques instants avec impatience. Lorsqu'il remarqua qu'ils décrochaient de l'autre côté, il demanda :

« Kurbjuhn ?

« Milieu Kurbjuhn. L'autre médium est resté en Allemagne " a répondu une voix. " Quand est-ce qu'on revient, Max ?

"Ecoute," grogna Max, ignorant cette question "; Que diriez-vous d'une promenade jusqu'à chez moi ?

"Maintenant?

"Pourquoi pas?", grogna Max.

"Eh bien... Bref, je voulais te parler de quelque chose. Max. Je vais profiter de l'occasion. Quel genre de boisson avez-vous ?

"Je ne bois pas," grommela Max. Vous savez, cela est laissé aux nazis.

Il y eut un rire à l'autre bout du fil.

"Toujours si amer, Max," dit Kurbjuhn.

"Ne tardez pas", dit Max.

" Ne raccroche pas ! " cria Kurbjuhn.

« Que se passe-t-il maintenant ? » a demandé Max.

« Il y a quelques heures un gars qui s'est inscrit comme Jean Maurvalier est arrivé à l'hôtel « Malnihöus », où je travaille ; Nom français, comme vous pouvez le voir, C'est donc un ennemi potentiel. J'ai essayé d'être celui qui porterait vos bagages, une simple valise, jusqu'à votre chambre. Celui-ci n'était pas très bon, et, l'oreille collée à la porte, j'ai entendu quelque chose qui peut être intéressant : le type a marmonné des algues, en russe. Qu'en penses-tu? La mauvaise chose est que mon quart de travail était terminé et j'ai dû rentrer à la maison,

Max s'humecta les lèvres et jeta un coup d'œil à Gretel qui le regardait, immobile, silencieux,

"A quoi ressemblait cet homme Kurbjuhn ?", a demandé Max.

« Eh bien... C'est facile à décrire : petit, trapu, avec cette assurance d'un riche marchand, habitué à voyager. Il a l'air d'avoir un peu plus de quarante ans », a répondu Kurbjuhn,

Max inspira profondément.

"Parfait" grogna-t-il. Je t'attends dans quinze minutes.

Il raccrocha le téléphone et fit quelques pas vers Gretel. Il la dévisagea en silence pendant quelques secondes, sans bien sûr faire abstraction de ses genoux bien galbés et très blancs.

"Nous avons peut-être obtenu quelque chose", a-t-il déclaré. Un coup de chance, naturellement. Quoi qu'il en soit, espérons que Kurbjuhn arrive.

Max s'assit sur le canapé à côté de Gretel et ferma brièvement les yeux. Un soupçon de sourire incurva ses lèvres. Il était avec une belle femme, oui. Il est vrai que les femmes ne rapportent que des complications. Il n'y avait pas de rendez-vous amoureux là-bas. En fait, il n'y avait même pas de femme en tant que telle ; Gretel était l'alliée. D'ailleurs, Max s'était définitivement trompé sur elle : c'était un véritable iceberg.

Il était très difficile de voir ce visage blanc, mince, mais attrayant, exotique, avec presque la moitié du côté du visage caché par des cheveux noirs.

— Tu peux y aller, Gretel, dit enfin Max. Ou n'a-t-il pas rempli sa mission ?

La femme fixa Max.

"Ce n'est pas vrai que la première impression est bonne" dit-il, intriguant un peu Max,

" Que voulez-vous dire ? " demanda l'Allemand.

« Au début, j'avais peur que Horst se soit trompé à votre sujet. Cependant, maintenant, il ne peut plus penser qu'à son travail.

Max haussa les épaules.

"Je ne sais pas à quel point je me rendrais ridicule d'essayer à nouveau de pousser les choses vers un terrain plus... intime", grogna Max.

"Essayez-le.

Max la regarda dans les yeux ; Gretel restait immobile, le dos droit, donnant un air neuf et différent à cette pièce de la garçonnière de Max Kropelin ; lui donnant un air d'énigme, d'aventure qui valait la peine d'être savouré.

Max s'approcha d'elle et posa ses mains sur les épaules de la femme. Puis, il approcha ses lèvres de celles de Gretel. La réaction de la femme, une fois leurs lèvres rencontrées, ne le surprit pas du tout. Il le sentit vibrer. Puis, alors que les mains de Gretel se posaient doucement sur la nuque de Max, ses longs bras musclés encerclaient doucement son dos.

Ce fut un baiser long et intense.

Lorsqu'il a relâché Gretel, Max a déclaré :

— C'est mieux, Gretel. Tu m'as encore mystifié : la dernière.

« Nous apprendrons à nous connaître un peu mieux, Max. J'ai pensé que ça valait le coup », sourit Gretel en tendant la main, débarrassant le front de l'Allemande d'une mèche blonde.

"Tu pourrais être déçu," marmonna Max.

Gretel regarda Max dans les yeux. Il a vu la virilité, la force, l'énergie contenue. Un peu d'amertume aussi.

— Non, murmura Gretel.

« Il est facile de se tromper dans nos circonstances. "Dit Max." De toute façon, tu n'as pas répondu à ma question. Vous êtes-vous retrouvé ici à Stockholm ?

"Oui.

— Dans ce cas, il faut retourner en Allemagne, dit Max.

« Non, Max.

"As-tu peur de rentrer ?", lui a demandé l'Allemand.

"Ce n'est pas ça. Disons que j'ai trouvé quelque chose que je cherchais « a répondu, sereinement, Gretel ». Tu ne peux empêcher un certain égoïsme en aucune circonstance, Max. A partir de là je peux aussi être utile à l'Allemagne... avec moins de risques ; Je n'ai pas à le nier. Et Horst ira bien sans moi.

Max sentit un léger vide dans son estomac. Il était sur le point de répondre lorsque les lèvres de Gretel se pressèrent contre les siennes. Certes, les femmes ont des moyens très convaincants de réaliser quoi que ce soit.

Dans ces moments-là, un faible coup retentit à la porte de l'appartement.

Max s'est détaché de Gretel et s'est dirigé vers sa veste, brandissant un pistolet qu'il a sorti d'une poche intérieure. Il est allé à la porte.

Il restait un peu indécis, puisqu'il percevait très clairement la respiration haletante de l'homme qui insistait pour appeler.

Il se décida enfin à l'ouvrir, s'écartant en tirant sur la lame de bois. Elle sursauta brusquement lorsque l'homme appuyé contre elle s'ouvrit brusquement tandis que la porte s'ouvrait en coulissant, la remplissant, presque immédiatement, de sang.

Max réagit rapidement, fermant la porte. Puis, avec empressement, il se pencha à côté de l'homme, tournant son visage. Il vit un visage livide qui semblait marqué par la mort.

"Kurbjuhn," marmonna Max.

L'homme ouvrit la bouche, mais ne réussit qu'à laisser échapper une gorgée de sang, qui trempait le devant de sa chemise et sa cravate noire. Les yeux de Kurbjuhn se tordaient sauvagement dans leurs orbites, et les veines de son cou se gonflaient, faisant peut-être un effort pour dire quelque chose. Il l'a fait d'une manière presque inintelligible.

« Ils... m'ont suivi, Max...

" La Gestapo ? " demanda rapidement Max, remarquant que de minuscules gouttes de sueur froide naissaient sur son front,

"Intello...

« Jean Maurvalier ?

"Vous... je soupçonne... oui...

" Jusqu'ici ? " demanda Max.

Kurbjuhn secoua la tête, à bout de souffle. Il était trempé de sueur, et des mèches de cheveux gris lui collaient au front, très froids, marbrés. Il semblait que, tout à coup, ses yeux s'étaient enfoncés dans les orbites.

"Je ne pense pas... je pourrais... je pourrais les jeter, Max..." balbutia-t-il.

"Plus d'un ?", a demandé Max.

Kurbjuhn hocha la tête.

Puis, brusquement, son cou sembla se briser, et la tête de l'homme pencha vers la droite, molle, sans force, sans aucun culot pour la soutenir. Lentement, Max abaissa le corps au sol, se mordant furieusement la lèvre inférieure.

Qui était à blâmer pour cette mort? Kurbjuhn n'avait-il pas toujours été un homme honnête, pacifique, débordant d'humanité ?

Lorsque Gretel atteignit Max, elle vit que les poings de Max étaient serrés ; contractions du visage; le large front luisant de sueur. Lorsque Max regarda Gretel, elle était sur le point de reculer, surprise par l'expression des pupilles bleu-gris de Max.

« Retourne à ton hôtel, Gretel » dit-il sèchement.

"Comme tu veux, Max...

« Attendez ! » grogna Max. Tu peux faire mieux. Je ne peux pas laisser le cadavre de Kurbjuhn ici indéfiniment. J'ai besoin que tu loues une voiture et que tu la gares juste devant l'entrée de ce bâtiment. Vous avez compris ?

"Depuis lors.

*　*　*

Portant le poids du cadavre, Max attendit le signal de Gretel qu'il pouvait parfaitement voir à l'intérieur de la voiture, garée selon les instructions de Max. Quand Gretel a fait le signe, cela signifiait qu'il n'y avait personne dans la rue en ce moment.

Max, prenant des forces, courut presque en direction de la voiture, tandis que la femme ouvrait la portière correspondant aux sièges arrière. Là, en tout cas, et en marmonnant un « Je suis désolé, Kurbjuhn », Max déposa le corps de son compagnon. Puis, rapidement, alors que le moteur de la voiture d'exportation allemande ronflait, Max monta dans la voiture, à côté de Gretel, en claquant la portière.

Gretel, au volant, s'enquit :

« Et maintenant, Max ?

"Cherchez n'importe quel endroit isolé au bord de la mer," répondit Max.

La voiture démarra à bonne allure, se dirigeant vers l'est de la ville, où n'importe quel endroit serait bon pour faire disparaître un cadavre.

"Nous ne pouvons pas risquer que la police suédoise le trouve et fasse des enquêtes", a expliqué Max. Nous courons aussi le risque que la nouvelle parvienne aux oreilles, ce qui serait très facile, même de la part des journaux, des agents de la Gestapo à Stockholm. Cela reviendrait à les mettre sur la piste de notre groupe antinazi.

"C'est facile à comprendre", a déclaré Gretel.

Quelques minutes plus tard, la jeune fille a arrêté la voiture à côté d'une falaise solitaire. Max est sorti et a pris le corps de Kurbjuhn. Il l'a emporté jusqu'à la mer. Il serait difficile de s'en remettre, car le plus simple était qu'il reste entre les rochers. De toute façon, il leur faudrait beaucoup de temps pour le découvrir, car ce n'était pas un endroit propice à la baignade ; quant aux barques de pêche, elles ne s'approchaient jamais des rochers.

Max retourna à la voiture.

Il s'adossa au siège à côté de Gretel, sans dire un mot. La femme a pris l'adresse de Stockholm sans consultation préalable et a décidé de respecter le silence de Max.

L'Allemand alluma une cigarette et fuma, le regard vide.

— C'est Kurbjuhn qui m'a tendu la main quand, après ma désertion, j'ai réussi à gagner la Suisse, chuchota enfin Max. Il était là à ce moment-là et ensemble nous avons déménagé vers le nord pour faire notre travail. Kurbjuhn a toujours dit qu'il avait quitté l'Allemagne et qu'il reviendrait un jour. Un de plus qui n'y arrivera pas.

Gretel, sans regarder l'homme, s'enquit :

« Pourquoi la désertion de la Wehrmacht, Max ?

"Pourquoi ?" Répéta, avec un sourire étrange, Max. Cela s'explique en quelques mots : il ne supportait pas les meurtres des SS et des « Einsatzgruppen » ; ils rasèrent ce que l'armée laissait debout.

C'est-à-dire : les femmes et les enfants. Tout paysan était, pour eux, le plus dangereux des guérilleros. J'ai vu des milliers de personnes mourir, en masse, en quelques minutes. Juifs... Et alors ? Je ne sais pas non plus à quel point le Dr Becker est humain. Je fais référence à un commandant SS, un scientifique, qui a fait la grande découverte des camions "S"...

Gretel frissonna au rire sec et manifestement faux de Max Kropelin.

"Les camions 'S'..." répéta Max. Je ne pourrai jamais l'oublier ! Jamais! Cela fait plus de dix mois que je n'ai pas vu le dernier et je n'ai toujours pas réussi à fermer les yeux sans voir le spectacle... Les camions "S"...

Les camions "S" étaient des véhicules fermés et construits de telle manière qu'au démarrage du moteur les gaz pénétraient à l'intérieur de la caisse, causant la mort, dans un délai de dix ou quinze minutes, aux prisonniers. Les femmes et les enfants voyageaient dans cette classe de camions, et ce genre de mort a été conçu pour rendre les exécutions de masse plus supportables pour les SS, car beaucoup d'entre eux étaient mariés, avec des enfants, et des protestations ont été soulevées pour la mort. à la « torture morale » consistant à tirer sur des femmes et des enfants, qui ont été trompés, leur assurant qu'ils se rendaient dans un camp de concentration. Comme on le voit, l'idée ne tendait qu'à favoriser les bourreaux, puisqu'ils étaient ainsi dispensés d'affronter leurs armes contre des groupes sans défense. Par la suite, certains chauffeurs des camions « S » se sont plaints,

"Je suis désolée de t'avoir dit ça, Max," murmura Gretel.

"Ne vous inquiétez pas," dit sèchement l'Allemand. En plus de cela, je ne peux pas l'oublier, je ne veux pas non plus que cela se produise. Du moins tant que le parti nazi possède l'Allemagne. Saviez-vous que j'étais à Rovno, à l'hôpital, avec une blessure mineure, lors du raid sur un bloc de maisons d'hommes vides ? Au plus, il y avait cinquante ou soixante anciens. Je les ai vus traîner les cadavres de leurs petits-enfants... La réponse concrète à la raison de ma désertion est : je ne veux pas être un monstre, Gretel.

"Je comprends, Max" murmura la fille en jetant un coup d'œil fugace à l'homme, dont le visage était toujours tiré et en sueur.

Max essaya de se ressaisir et dit :

« Dans la rue Hotagen, Gretel. Il y a l'hôtel où Kurbjuhn travaillait.

Gretel n'a posé aucune question. En fait, cette réaction de Max l'avait suspectée.

« Est-ce que vous prévoyez d'obtenir quelque chose ? - » est la seule chose qu'il a demandé.

« Jean Maurvalier y séjourne ; Je soupçonne que c'est Yfremov lui-même, et il n'est pas étranger au meurtre de Kurbjuhn.

Ils ne parlaient plus ; la voiture glissa le long des avenues et des ponts qui relient les petites îles, vers la rue Hotagen, située près de la table de nuit où Max et la fille s'étaient rencontrés, et où Max avait rencontré Kurbjuhn à quelques reprises.

Max avait allumé une autre cigarette et se sentait plus calme en approchant de l'hôtel. L'Allemand savait très bien qu'une défaillance de ses nerfs pouvait lui coûter la vie, et peut-être autre chose puisqu'il n'avait toujours qu'une idée en tête : il se battait aussi contre la Gestapo. Plus d'une fois Max s'est demandé quel était son pire ennemi.

« Nous arrivons, Gretel, ralentis maintenant, » ordonna Max, à deux pâtés de maisons de l'hôtel.

Gretel obéit, tirant la voiture jusqu'au trottoir, seule à cette heure de la nuit. Il y avait quelques lumières qui clignotaient, éclairant la route sombre.

La fille regarda Max et demanda :

« Tu penses que je pourrais t'aider, Max ?

« Vous devez disparaître » grogna l'Allemand. Et s'ils m'éliminaient aussi ?

"Eh bien... le réseau soviétique serait toujours intact...

"Tant qu'il t'arrive quelque chose, Gretel" coupe Max. " Si je tombe il y en a d'autres à Stockholm, Souviens-toi de ce nom : Oto Giessemann ; et son adresse : Lüdvika, 33 ans. Et rappelez-vous aussi que vous devez prendre soin de vous.

« Oui, Max.

Max était sur le point de sortir de la voiture, mais il s'arrêta un instant, regardant les lèvres de Gretel, qui avait avancé son visage et cherchait le regard de Max.

L'Allemand se pencha et posa ses lèvres sur celles de Gretel. Peu de temps après, sans dire un mot, il s'éloignait en direction de l'hôtel, laissant la femme avec une expression sérieuse et sereine, mais avec un léger mouvement dans la poitrine.

3

Max Kropelin entra dans l'hôtel. Le "Malnihöus" était médiocre, discret, mais propre et avec un service acceptable. Le bâtiment avait trois étages, massif, orné, vieux.

Il y avait très peu de monde dans le hall en ce moment et ils ne faisaient attention à personne. Max ye s'est dirigé, vers le bureau d'accueil, derrière lequel se tenait un jeune homme aux cheveux blonds décolorés,

« De la place pour ce soir, » dit Max.

Le blond glissa un regard discret vers la maison de Max, cherchant sans doute les bagages.

Max souriant, clarifié :

"Je n'ai pas de bagages. Je paierai mon logement à l'avance, bien entendu.

Le jeune homme hocha la tête et ouvrit le livret, qui était une façon comme une autre de demander des pièces d'identité, Max frotta une carte, fournie par Horst Anthelme lui-même, sur laquelle il était écrit : Rhudy Carlsen, à partir de trente-deux ans, de Malmo.

La seule certitude de ces données était l'âge.

Tandis que la réceptionniste notait les détails dans le registre, Max glissa son regard pénétrant sur les autres noms enregistrés dans le volume, trouvant bientôt celui de Jean Maurvalier. Deuxième étage, chambre 27.

Peu de temps après, Max était seul dans la chambre 38, au dernier étage.

Il alluma une cigarette et se dirigea vers la grande fenêtre, regardant dehors. Il soupira, déçu. De là, il serait impossible d'atteindre l'appartement de Maurvalier ou d'Yfremov. Par conséquent, vous devriez utiliser une méthode beaucoup plus directe : vous présenter par la porte de la pièce.

Il lui fallut quelques minutes pour se décider, pensant que Maurvalier n'était probablement pas dans sa chambre. Peut-être cherchaient-ils encore Kurbjuhn. Cela, bien sûr, pourrait lui faciliter la tâche, puisqu'il pourrait faire une fouille approfondie des bagages du Russe.

Il quitta sa chambre et descendit les escaliers sans le moindre faux pas. Le nombre 27, collé à la porte de cette pièce, se détachait devant ses yeux.

Max sentit le pistolet et attendit quelques secondes, écoutant les bruits de pas.

Peu de temps après, il manipulait rapidement la serrure. Alors que son front commençait à dégouliner de sueur, un son métallique étouffé se fit entendre. Max poussa la lame et entra rapidement dans la pièce. Il ferma la porte et sortit une lampe de poche de sa poche.

Une marche rapide dans le faisceau de lumière le convainquit que la pièce était vide.

Il se dirigea vers un placard scotché au mur de droite et ouvrit la porte. Un costume suspendu et une valise apparurent devant ses yeux. Il toucha le costume sans entendre le bruissement du papier auquel il s'attendait. Il se souvenait très bien que Gretel lui avait dit qu'Yfremov portait une enveloppe avec des instructions.

Il ouvrit la valise, qui semblait complètement vide.

Max serra les dents en poussant un juron. Il a commencé à palper la valise, en vain. C'était très simple et il n'était pas possible de penser à un double fond. Bien sûr, il fallait vérifier...

A ces moments-là, Max était paralysé, presque aveuglé par la lumière, bien plus intense que celle de la lampe torche, qui s'était soudain faite dans la pièce. Puis il entendit la porte de la chambre se fermer doucement et une voix :

"Ne bougez pas. Je te cible.

Max resta immobile, tendu, attentif à ce déclic qui s'approchait de lui. Une femme. Une femme avec un étrange accent étranger et une voix un peu rauque, épaisse, suggestive, mais aussi dure.

Que cherchiez-vous ici ? Qui êtes-vous ? », a demandé la femme.

Max se retourna avec un sourire. Un air d'étonnement lui sauta aux yeux lorsqu'il vit la femme.

Elle était grande, avec un corps oscillant, serrée par une robe sombre, même si elle n'était pas aussi sombre que ses cheveux, très noirs, brillants, très longs. Les yeux de la femme, également noirs, étaient inclinés et pointés légèrement vers le haut, ce qui donnait l'impression qu'une partie de l'ascendance de la femme était asiatique ; Mongol, peut-être.

Sa bouche était rouge, un peu grande ; les lèvres étaient serrées maintenant.

"Eh bien..." commença Max. Je m'appelle Rhudy Carlsen et j'ai été informée du portefeuille de M. Maurvalier. J'ai pensé que cela valait la peine d'essayer la monnaie de poche pour certaines factures. Nous avons de mauvais moments, tu sais.

La femme était impassible ; pas de geste ; il tenait toujours fermement un pistolet.

— Tu n'as pas l'air d'un pickpocket d'hôtel, Carlsen, dit-il de cette voix grave et épaisse.

— Merci, madame, dit-il. La vérité est que je ne l'ai pas toujours été. Mais face à la faim...

"Tais-toi!

Max haussa les épaules.

"D'accord," grogna-t-il. Appelle la police.

La femme cligna des yeux, ce qui amena un rire moqueur de Max.

"Ou n'êtes-vous pas intéressé par l'intervention de la police ? "Demanda l'Allemand-". Vous êtes russe, n'est-ce pas ?

La femme semblait mal à l'aise ; Il le montra par le léger tressaillement de sa main pistolet Il ne répondit pas à la question de Max. Je viens de dire :

«Je vais faire mieux que d'appeler la police. Tournez le dos.

Max se tourna lentement ; mais avec tous ses sens tendus, attendant sa chance. C'est arrivé lorsque la femme a fait deux pas en avant et a levé son bras armé.

Max se retourna farouchement, sans plus l'ombre d'un sourire, et parvint à esquiver à moitié le coup ; Elle le cala dans son épaule, mais la douleur, très supportable, n'empêcha pas la femme d'ouvrir brusquement la bouche en grand et de faire un effort pour ne pas pousser un hurlement de douleur, lorsque les doigts de Max lui saisirent le bras. .

L'Allemand la lâcha brusquement et lui arracha le pistolet. La deuxième action de Max fut de gifler violemment la femme, et elle recula de plusieurs pas, jusqu'à ce qu'elle trébuche sur le lit.

Elle se tenait là, haletante, furieuse, devant Max, qui avait dégainé son propre pistolet et s'avançait sur la femme.

" Où est Yfremov ? " demanda-t-il sèchement.

La femme, qui se calmait, dit seulement :

« Yfremov ?

Max sourit froidement. Il s'approcha de la Russe, la saisissant par les cheveux ; Il recula, forçant la femme à lever le visage haut.

" Penses-tu que ça me dérangerait de la tuer ? " murmura Max. Vous n'ignorez pas que dans le type de lutte que nous avons choisi, il n'y a pas de concessions.

"Tire," dit laconiquement la femme.

Max a ri.

"Non. Pas ici, du moins », a-t-il déclaré. Étiez-vous le lien qui devait recevoir Yfremov ? Est-ce vous qui avez découvert Kurbjuhn ?

"Oui.

Max hocha la tête.

"Kurbjuhn est mort", a-t-il déclaré. Je le savais?

"Je l'ai imaginé. Je vois que vous avez eu le temps de communiquer avec quelqu'un.

"Peut-être un peu tard... pour lui, bien sûr" grogna Max. De toute façon, on sait que la vie d'un homme a très peu d'importance aujourd'hui. Une femme n'a pas plus ou moins d'importance.

"Je me soucie du mien" dit la femme.

"Je le comprends. Cela signifie-t-il qu'elle est prête à parler? - ", a demandé Max.

"Oui.

L'Allemand soupira.

"Parfait. Installez-vous confortablement », a-t-elle dit en lâchant ses cheveux.

La Russe, très sereine, a compris en s'installant confortablement le fait de se positionner de manière à ce que Max puisse contempler la forme de ses genoux, ce qui, brièvement, fit se souvenir à l'Allemande Gretel. Le Russe, bien sûr, n'avait rien à envier à Gretel. Elle s'était assise sur le lit en croisant les jambes, si bien que Max, pour lui faire face, tournait le dos à la porte de la chambre : "Je ne fais pas ça pour de l'argent", commença la femme. " J'ai réussi à m'évader d'un camp de concentration. Je ne pouvais pas retourner en Russie et je n'osais pas rester en Europe de l'Est. Ma solution était dans un pays neutre : la Suède. Il m'a fallu beaucoup de temps pour arriver à Stockholm », a-t-elle déclaré en baissant la tête, comme gênée par quelque chose qu'elle avait été forcée de faire.

Max ne broncha pas. Le Russe mentait de manière flagrante ; de cela, il en était totalement convaincu. Cette femme était une espionne professionnelle,

"Allez-y," dit Max.

« -Une fois à Stockholm, j'ai reçu la visite d'un homme qui m'a proposé d'agir dans de petites missions de liaison sans importance, mais qui me permettraient de vivre avec une certaine aisance et, de plus, avec la satisfaction de ceux qui savent que c'est utile,

" Qui est cet homme ? " demanda Max.

"Je ne sais pas. Ils ne m'ont pas beaucoup fait confiance. Je reçois des commandes dans les endroits les plus inattendus et quand je commence à croire qu'ils m'ont oublié. Cette fois, j'ai reçu l'ordre d'attendre Yfremov dans cet hôtel et de servir de lien pour les joindre. Je viens de le faire. Le reste de ma mission est d'attendre l'ordre de changer de résidence, comme en toute autre occasion. Je t'ai entendu crocheter la serrure et je suis bêtement intervenu. Voilà, grosso modo.

« Comment vous appelez-vous ? », a demandé Max.

"Sonia Yourskof.

« Vous n'étiez pas non plus au courant de la mission d'Yfremov ?

"Non.

Max a ri.

"Finalement; Pensez-vous que j'ai avalé un seul de vos mots ?" demanda-t-il en s'arrêtant de rire et en s'approchant furieusement de Sonia". Par exemple : Pour mettre Yfremov en contact avec les autres, qu'a-t-il fait ?

La Russe pinça légèrement les lèvres.

"D'accord," dit Max. Allons-y.

« Où aller ?

"Avec moi. Chez moi. C'est beaucoup plus discret qu'un hôtel. Allez, grogna Max.

Sonia abandonna sa posture inutile et se leva. Sans dire un mot, elle se dirigea vers la porte de la chambre, suivie de l'Allemand furieux.

La femme ouvrit la porte et sortit dans le couloir. Au moment où Max s'apprêtait à faire de même, il fut douloureusement surpris par un coup du canon d'un pistolet aux doigts de sa main droite. Son arme a rebondi sur le sol et un pied l'a touchée, l'envoyant vers le fond de la pièce.

Puis, alors que Max n'avait toujours pas réussi à réagir, un poing s'abattit sur son ventre l'obligeant à se pencher, courbaturé, hébété. Un coup au front le renversa.

Dans une brume épaisse, il aperçut l'homme qui, après être entré dans la pièce, fermait la porte.

Tous deux y étaient restés seuls, tandis que Sonia avait disparu.

"Gestapo? "Le gars a marmonné,

"Non.

"Oh... un de ces malheureux antinazis" sourit cet homme, rondouillard, un peu chauve et presque de bonne humeur." Vous manquez d'organisation ou, ce qui revient au même, de force. Comment avez-vous fait pour me découvrir à Paris ?

— Nous ne sommes peut-être pas aussi faibles que vous le supposez, Yfremov, dit Max qui se remettait des coups.

" De toute façon, vous vous battez pour quelque chose que je déteste, vous comprenez ? " marmonna le Russe, le visage crispé, qui prit une dureté insoupçonnée.

"Ce n'est pas vrai," grogna Max. Le communisme se nourrit de gars comme vous. Il ne s'agit pas de haine, mais de système.

Yfremov rit à nouveau.

"Nous ne discuterons pas de cela maintenant", a-t-il déclaré. Ouvrez la fenêtre.

Max fronça les sourcils. Il fixa le pistolet que tenait l'agent soviétique. Très bien. Ouvrir la fenêtre.

Alors que l'air frais et humide entrait dans la pièce, Max inspira profondément. Soudain, il se figea, réalisant ce que mijotait Yfremov. Ses pores s'ouvrirent, laissant couler d'épaisses gouttes de sueur qui semblaient geler sur le corps de l'Allemand.

« Saute », ordonna sèchement le Russe. Avec un peu de chance, il peut être sauvé.

C'était une chance sur mille, et Yfremov le savait parfaitement. D'où son ton légèrement ironique.

« Y a-t-il quelqu'un d'autre en bas ? » Demanda Max, désespérément en train de gagner du temps.

"Bien sûr.

"Comprendre. Ils m'achèveront de deux coups dans la nuque et ils feront rapidement disparaître mon corps", a déclaré Max.

"Tu es intelligent", sourit Yfremov. Saut?

Max inspira profondément. Il calcula rapidement ses chances de sortir de cette situation. Il a immédiatement exclu le saut périlleux dans la rue. Cependant, une balle, si elle réussissait à déconcerter Yfremov, ne pouvait être que légère. De toute façon, il se battrait.

L'Allemand tendit ses muscles et fléchit légèrement ses jambes. Je sauterais, oui, mais...

Contre ce qu'il attendait, Yfremov n'a pas tiré. Il semblait que le Russe s'attendait à cette réaction, puisqu'il s'est rapidement écarté, en tirant son pied droit contre le menton de Max. Cependant, Yfremov a été surpris par la violence affichée par Max, qui a même réussi à détourner le coup, saisissant le pied du Russe à deux mains.

Max eut un rire silencieux qui souleva les cheveux de son ennemi, qui ne put s'empêcher de perdre l'équilibre et de tomber en arrière. Après que le corps ait touché le sol, un autre a résonné, légèrement tranchant, et c'était la couronne d'Yfremov au sol à la suite d'un coup de poing sauvage donné par Max à plein nez.

L'Allemand se redressa, cherchant le pistolet par terre. Cependant, lorsqu'il tendit la main, ses doigts étaient plaqués au sol, écrasés par le pied du Russe, qui commençait à se lever.

Max, les dents serrées, donna un coup de coude furieux dans le ventre du Russe, qui laissa échapper un gémissement rauque et tomba sur le côté.

Pourtant, il sembla rebondir surprenant Max, qui n'en revenait pas que ce petit bonhomme puisse afficher une telle énergie.

Lorsqu'il se souvint qu'il s'agissait d'un agent soviétique, il avait déjà reçu un coup de poing à la poitrine et un autre au menton, ce qui l'obligea à retourner à la fenêtre, s'y encadrant.

Yfremov bondit vers lui, tendit les deux mains et agrippa le cou de l'Allemand.

Des halètements commencèrent à couler. La sueur coulait sur les visages des deux hommes en traînées lumineuses. Max commençait à montrer une couleur violette qui augmentait en ton.

Finalement, Max a réussi à soulever son genou droit, l'enfonçant dans le bas-ventre d'Yfremov. Ses mains semblaient gagner plus de force, comme s'il essayait d'atténuer la douleur en saisissant quelque chose, Bien sûr ce quelque chose était le cou de Max, qui répéta sauvagement le coup,

Et il remarqua, immédiatement, qu'il pouvait respirer presque normalement, tandis qu'Yfremov relâchait la pression sur sa gorge.

Anxieusement, Max avala de l'air et se pencha, presque accroupi, de sorte que sa tête était pressée contre le ventre du Russe. Brusquement il se leva, soulevant Yfremov, qui, en une seconde, et au mouvement de Max avec ses bras, le poussant en arrière, traversa l'encadrement de la fenêtre, plongeant dans le vide.

Il y eut un cri à glacer le sang et, quelques secondes plus tard, un choc sourd, forçant Max à fermer brièvement les yeux. Il s'était fugitivement imaginé qu'il était peut-être celui qui prendrait la route.

Sans regarder la rue, il courut à la porte de la chambre lorsque des rumeurs commencèrent à retentir à l'extérieur.

Pistolet à la main, il chercha un instant Sonia des yeux. Inutile. Sonia avait disparu et il n'avait pas beaucoup de temps à perdre là-bas.

Rapidement, il atteignit le troisième étage et se glissa dans sa chambre. Sans allumer la lumière, il regarda par la fenêtre et vit un spectacle étrange.

Deux hommes armés s'étaient précipités vers Yfremov. Après une courte hésitation, l'un d'eux charge le corps en courant vers une voiture garée à quelques encablures de la porte de l'hôtel, tandis que l'autre, reculant également, tient à distance les personnes qui commencent à arriver et un employé avec son pistolet. de l'hôtel qui était apparu à la porte.

Quelques secondes plus tard, un moteur ronflait et la voiture filait à une vitesse impressionnante.

Max, furieux, serra les poings.

Et la foutue Sonia ?

Eh bien... Il semblerait. L'important dans ces moments-là était de quitter l'hôtel sans être dérangé. La police suédoise arrivait et voulait en savoir beaucoup sur les invités.

4

Le plus simple était de passer du toit de l'hôtel à celui du bâtiment attenant. Max descendit les escaliers et atteignit la rue, disparaissant de ces contours.

Il marcha rapidement, mais pas assez pour attirer l'attention, jusqu'à ce qu'il trouve un bar. Une minute plus tard, il était à l'intérieur de la cabine téléphonique, attendant une réponse à son appel.

"Dites," résonna une voix.

"Je t'attendrai chez moi, Otto" grogna Max. " Sortez tout de suite.

" Qu'est-ce qui ne va pas, Max ? " demanda l'autre.

« C'est un peu long à expliquer. C'est quelque chose d'important; quelque chose qui en vaut vraiment la peine.

"Bien je suis content. Il était temps que nous fassions plus que fouiner bêtement ou nous faufiler continuellement hors de la Gestapo. J'y vais, Max.

Ils ont raccroché, Max est sorti dans la rue et j'ai commencé à marcher en pensant furieusement à sa malchance. Yfremov avait disparu, tout comme Sonia, ce qui compliquait les choses ou, du moins, retardait le moment de travailler sérieusement contre le réseau de sabotage soviétique.

Quant à l'enveloppe d'instructions, c'était déjà stupide d'y penser, puisqu'Yfremov avait réussi à la remettre à ses compagnons.

Max traversa des rues presque désertes jusqu'aux chantiers navals, d'où l'on pouvait voir les fenêtres de sa maison. Il était pressé de découvrir si les hommes qui pourchassaient Kurbjuhn y étaient parvenus ou avaient complètement perdu sa trace, comme il semblait à première vue.

Puis il sourit légèrement, se souvenant de la hâte que les Russes avaient prise pour sauver le corps d'Yfremov. En réalité, ce genre de lutte, sourde, noire, comportait toutes sortes de dangers, à commencer par devenir fou de peur.

Trois minutes plus tard, Max était devant sa porte. Il ouvrit et alluma la lumière.

Il a immédiatement entendu un soupir de soulagement et a vu l'homme avec le pistolet.

— Je commençais à m'inquiéter, Max, grogna Otto Giessemann. Je pensais que tu m'avais appelé d'ici.

Sans répondre, Max jeta un coup d'œil dans le couloir puis se dirigea vers les pièces intérieures, vérifiant que rien n'avait été touché. Cela signifiait que les Russes n'avaient pas pu y suivre Kurbjuhn, ce qui était un soulagement.

Arrivé au salon, Max alluma une cigarette, et Otto explosa :

"Mais qu'est-ce qui se passe ?", s'enquit-il.

Max le regarda et grogna :

Asseyez-vous, Otto.

Giessemann obéit. C'était un homme grand et massif avec des muscles imposants et un cerveau astucieux. Sa tête était presque carrée, blonde ; cheveux courts, avec un peu de grisonnement prématuré, puisqu'Otto avait à peu près l'âge de Max.

Max, faisant de courtes promenades dans la pièce, a expliqué ce qui s'était passé depuis qu'ils étaient arrivés chez lui cette nuit-là accompagnés de Gretel, terminant quand il a vu la voiture qui transportait Yfremov en panne s'enfuir.

"Kurbjuhn...-" murmura Otto. Je ne peux pas le croire, Max.

"Arrête de faire l'imbécile," grogna Max. Comme vous pouvez le voir, nous avons perdu la possibilité de finir plus tôt, depuis qu'Yfremov est mort sans que je puisse lui faire délier la langue. Par conséquent, nous n'avons qu'un indice à suivre et ce ne sera pas facile : Sonia.

"Nous allons perdre beaucoup de temps", grommela Otto. A la place de ces gens, je garderais Sonia dans une vitrine jusqu'à ce que le sabotage qu'ils préparent ait été effectué.

"Vous pouvez faire plus", a déclaré Max. Par exemple : découvrez quels navires vont en Allemagne avec une cargaison d'acier, comprenez-vous ? Si nous possédons la liste de ces navires, nous pourrons probablement les empêcher d'être sabotés. Bien sûr, nous devrons mobiliser plusieurs de nos hommes.

Otto hocha la tête.

« Quel système utilisent-ils pour piloter les navires ? s'enquit-il.

"Je ne sais pas ! " Grogna Max.

Otto soupira légèrement et se leva.

« D'accord, Max. Ce soir, nous allons bouger. Je me demande si cela fera du bien par rapport à la guerre, je veux dire si cela l'aidera à se terminer plus tôt », a-t-il déclaré.

"Qui sait?

"C'est le pire : l'incertitude", marmonna Otto. " Je donnerais n'importe quoi pour pouvoir revenir demain. Je vivais très bien dans ma ferme, vraiment. Saviez-vous qu'avant que je ne déménage sur le front russe, nous avons reçu comme bonne une belle polonaise, Max ?

Max sourit légèrement.

« Tu l'as expliqué maintes fois, Otto » dit-il « ; Elle a les plus grands yeux que vous ayez jamais vus et elle est forte, douce et soumise. Tu l'épouserais les yeux fermés et tu as juré à ton frère que tu le tuerais s'il lui arrivait quelque chose.

Les yeux d'Otto, très clairs, brillèrent.

"C'est vrai," grogna-t-il. Je rendrai à la fille ce qu'elle a perdu. Je n'aime pas l'esclavage, Max.

Max serra les mâchoires.

"D'accord," dit-il. On reviendra un jour, Otto. En attendant, nous devons continuer à nous battre. C'est une bonne occasion de convaincre les antinazis qui se cachent que nous pouvons faire quelque chose, à condition de nous unir.

" Par là, tu veux dire sortir d'ici et te mettre au travail, n'est-ce pas ? " grogna Otto.

"Exactement.

Les deux hommes ont commencé à marcher en direction de la porte de l'appartement. Ils s'arrêtèrent brusquement, entendant un bruit de pas s'approchant de la porte,

La réaction de Max a été immédiate. Il fit signe à Otto de se cacher et éteignit la lumière, juste au moment où un coup timide retentissait à la porte.

Max sourit étrangement et, pistolet à la main droite, ouvrit la porte en s'écartant.

"Gretel..." marmonna-t-il avec étonnement.

La femme parut soulagée de voir Max.

« Je pensais qu'il t'était arrivé quelque chose, Max, dit-il en pénétrant le sol. J'ai été au "Malnihöus" avant de décider de venir ici.

Max fronça les sourcils,

« Eh bien ? » a-t-il demandé.

« J'ai découvert quelque chose d'important.

"D'accord. Nous parlerons.

Otto était réapparu et Max fit brièvement les présentations. Les trois retournèrent au salon.

Gretel prit le canapé et Otto s'assit sur une chaise. Max prit sa position préférée, face. La fenêtre.

« Je ne t'ai pas laissé tranquille, Max, commença Gretel. J'avançai un peu plus la voiture, m'approchant de l'hôtel. J'ai pensé que ce serait une perte de temps inutile de t'attendre là-bas, quand une voiture est arrivée et qu'une femme est sortie pour se rendre à l'hôtel. C'était peut-être une intuition, mais j'ai décidé de continuer à attendre, en regardant les trois autres occupants du véhicule, qui après dix minutes ont commencé à montrer de l'impatience. Un homme est descendu... Était-ce Yfremov ?» s'enquit Gretel.

Max inspira profondément.

« C'était Yfremov, dit-il.

"Ouais" sourit Gretel. Peu de temps après, ce même homme a été jeté par une fenêtre et j'ai été surpris par l'attitude des autres, qui se sont précipités pour récupérer le corps, disparaissant de là. Quelques minutes auparavant, cette femme avait réapparu et était montée dans la voiture. Quand ça a commencé, j'ai commencé le mien.

"Parfait," marmonna Max. " Les avez-vous suivis ?

"Oui. Même une maison située à la périphérie, tout près de la mer " a dit Gretel " Je me suis dit que le mieux serait de vous le faire savoir. N'ayant pu vous trouver à l'hôtel, après quelques questions très discrètes, j'ai commencé à penser à la possibilité qu'il vous soit arrivé quelque chose.

Max sourit et regarda Otto,

"Nous avons eu de la chance", a-t-il déclaré. Voyons, Gretel. Y avait-il quelqu'un dans cette maison ?

"Je ne sais pas. Je ne pensais pas qu'il était sage de s'approcher de trop près, de toute façon, il n'y avait pas de lumière.

— Ça ne veut rien dire, grogna Max. La chose vraiment importante, donc, est de ne pas manquer cette occasion d'éliminer ce groupe soviétique. Dans ces moments, nous pourrions réussir, Ils ne se doutent pas qu'ils ont été suivis.

" Tu penses y aller ? " demanda Otto.

"Aussi simple que cela,

" Nous seuls ? " demanda Otto.

— Je ne pense pas qu'il y en ait plus de trois, répondit Max. Par contre, nous avons la surprise en notre faveur. Marche à pied.

Quelques minutes plus tard, ils étaient installés dans la voiture que Gretel avait louée. Elle prit le volant et Max à côté d'elle. Otto s'installa sur les sièges arrière.

La voiture démarra et ils roulèrent les premières minutes en silence. Gretel le coupa.

"C'est étrange, Max" murmura-t-il "Quand je t'ai perdu de vue à l'hôtel j'ai commencé à sentir qu'il manquait quelque chose et j'avais peur, tu me crois ?

Max la regarda ; Il ne pouvait voir que le contour du visage exotique de la femme, qui avait parlé sans regarder Max, fixant l'asphalte. Il remarqua les lèvres fines de Gretel, ses longs cils.

" Pourquoi pas ? " songea Max. Vous vous attendez toujours à ce que quelque chose comme ça se produise. Quand il arrive, il est surpris. Nous sommes un peu démoralisées, Gretel, et nous nous accrochons à tout ce qui peut nous ramener à la réalité de la vie. L'une de ces choses est l'amour.

"Amour..." murmura Gretel.

Otto, de dos, capta ce murmure et frissonna. Il se souvint de la Polonaise aux grands yeux et au regard doux. Putain de guerre ! Il l'aimait et devait s'éloigner d'elle. À tout le moins, Max a eu plus de chance, puisque Gretel était là. Beaucoup de choses perdent de leur importance lorsque quelque chose d'aussi intense qu'un amour nouveau-né est impliqué.

L'amour d'Otto pour l'esclave polonais était également nouveau-né, tourmentant.

Il se souvenait très bien du jour où les SS l'avaient décerné à sa ferme, à la ferme Giessemann, tous appartenant au parti nazi, y compris Otto, jusqu'à ce qu'il fabriquait ses premières armes à la frontière russe. Là, il a commencé à ressentir l'horreur de la guerre, des SS et même de lui-même. Il a réussi à s'enfuir de là. Un jour, si cet exil prenait trop de temps, il irait en Allemagne pour trouver le pôle.

"Il y a de la lumière dans la maison" dit la jeune fille. C'est la deuxième à gauche de la route.

Max calcula rapidement la distance et commanda :

Ralentis, Gretel. Le reste, nous pouvons très bien parcourir à pied.

La voiture a quitté la route, en plein champ, derrière un groupe d'arbres.

***

Une puissante lampe de poche éclairait cette étrange grotte. Deux hommes, en silence, tendus, sans que leurs visages n'expriment quoi que ce soit, ont changé de vêtements, se moquant du tout de la présence d'une femme, une belle Russe qui tenait la lanterne.

En quelques minutes, ces hommes étaient entassés dans leurs combinaisons en caoutchouc sombre, les mains nues et le visage barbouillé.

Dans la grotte, acculée, il y avait un bateau pneumatique, d'une capacité juste suffisante pour deux personnes. Dans un autre coin se trouvait une boîte en bois pleine d'artefacts étranges. Il y avait aussi un petit arsenal, composé de mitraillettes et de grenades à main.

« Prête, Sonia » fit une voix.

La femme fit quelques pas dans le tunnel, tandis que l'un de ces hommes prenait le bateau et l'autre, certains des artefacts qui se trouvaient dans la boîte en bois.

Ils ont suivi Sonia, qui a projeté le rayon de lumière sur la terre humide du tunnel.

Peu de temps après, ils atteignirent le fond du tunnel, et entre les deux hommes, après avoir momentanément déposé leurs artefacts sur le sol, ils firent tourner un rocher, juste assez pour que leurs corps puissent glisser à travers l'ouverture.

Après un effort considérable de chacun d'eux, le rocher s'est déplacé et la grotte est venue, immédiatement, la brise fraîche et humide de la mer et l'odeur indubitable de salpêtre.

On pouvait entendre le bruit des vagues s'écraser contre la falaise et des particules d'eau pulvérisée pénétraient par ce trou.

L'un de ces hommes a lâché le bateau, qui a immédiatement enflé, s'immobilisant entre des rochers. Ensuite, l'un des gars est descendu, l'a récupéré et a tendu la main pour positionner commodément les artefacts qui s'étendaient de l'ouverture.

Peu de temps après, le bateau, avec les deux hommes et leur charge explosive, avançait silencieusement dans les eaux de la Baltique.

Ils avaient préalablement bouché le trou de l'extérieur avec une grosse pierre préparée à cet effet.

Sonia, calme, éclairée pour le retour, s'éloignant de là.

Il arriva à des escaliers en terre battue et monta. Poussant des deux bras, il leva un piège avec un tapis et alluma la lumière dans cette pièce.

Il se dirigea vers le téléphone, accroché au mur, à quelques pas de la fenêtre de cette pièce, qui donnait sur la mer, sombre, inquiétante.

Il prit l'appareil et composa un numéro. Lorsqu'ils ont répondu à l'appel, Sonia a déclaré :

"Prêt.

" Pour quand ? " S'enquit une voix.

« Chose d'une demi-heure ; peut-être moins ", a dit Sonia. ". Vous pouvez?

Il y eut un rire rauque, un peu sarcastique,

"Peu importe," dit alors cette voix. " Qu'est-il arrivé à cet Yfremov ?

"Mort" répondit Sonia.

« Est-ce que cela affectera quoi que ce soit ?

"Je ne crois pas. Pour le moment, je suis le seul connu d'un agent anti-nazi », a répondu Sonia. De toute façon, nous aurons du travail après ça, tu comprends ? Il pourrait être dangereux de laisser cet agent chercher.

"Déjà. On va l'anticiper, non ?

"Si possible.

« Cela doit être. Il faut le faire. Tu le sais déjà, Sonia. Nous faisons un excellent travail et nous n'avons pas à l'abandonner sans nous battre.

Sonia pinça les lèvres.

"Je n'aime pas tes sarcasmes," dit-il entre ses dents. C'est vrai : il faut le faire. Tu l'as déjà dit : peu importe. Entendu? Et naturellement, cette position que nous n'abandonnerons pas sans combattre. Il a fallu trop de temps pour arriver ici.

"Je sais, je sais...

"Je n'aime pas ton indifférence" dit Sonia.

Un rire moqueur retentit.

"Avez-vous peur que je trahisse le groupe ?", lui a demandé l'homme, de l'autre côté du fil.

"Eh bien... Je veux juste vous rappeler quelque chose : les nazis nous poussent en Russie à un rythme auquel je ne serais pas surpris par quoi que ce soit qui les placerait aux portes de Moscou. Savez-vous ce que cela représenterait ? Et savez-vous ce que représente leur avancement ? Des centaines de milliers de nos concitoyens meurent et leurs camps de la mort se remplissent de corps de Russes. Que dis-tu de ça ?

"Tout. Je le savais déjà. Nous ne pouvons pas arrêter cette avancée, mais peut-être que le matériel américain le fera. Il atteint des milliers de tonnes.

« Je préfère nous faire confiance, grommela Sonia. Ne vous attardez plus.

"C'est bien. Qu'est ce que tu vas faire?

« Reposez-vous », murmura Sonia, une grimace d'épuisement apparaissant sur son visage. » Du moins, jusqu'à leur retour ; il faudra une longue période.

"Déjà. À plus tard.

Ils ont raccroché le téléphone et Sonia s'est dirigée vers une boîte sur une table, d'où elle a extrait une cigarette. Elle l'alluma et fuma un instant, pensive, son front blanc clair traversé d'un pli vertical.

Enfin, il se dirigea lentement vers sa chambre. Elle gisait vêtue sur le lit, les yeux écarquillés et sombres. Seule la braise de la cigarette brillait de temps en temps.

Dans son esprit, il a tracé l'itinéraire du canot pneumatique en direction du port de la ville. C'était un avantage évident de travailler à un point neutre.

Peu de temps après, il cherchait le cendrier et écrasa le mégot de cigarette. Il ferma les yeux en pensant qu'il pourrait peut-être dormir.

5

Sonia ouvrit les yeux soudainement surpris. Il tendit les oreilles et remarqua assez clairement le bruit que quelqu'un fait en crochetant une serrure avec une fausse clé.

Il sauta hors du lit et resta immobile un instant, se mordant la lèvre.

Il n'y avait qu'une solution possible : le fait que là, dehors, quelqu'un essayait d'entrer dans la maison ne signifiait rien de bon.

Sonia quitta sa chambre et se glissa silencieusement, dans l'obscurité, en direction de celle dans laquelle se trouvait le piège qui menait au tunnel. Des idées confuses envahissaient son cerveau. Comment cela s'est-il passé ? Qui les aurait découverts ?

Furieuse, elle ouvrit le piège et plaça le tapis de telle sorte que lorsque le bois était abaissé, il était complètement à plat sur le sol, cachant le piège. Il l'a fait au moment où il y a eu un déclic métallique, indiquant que la serrure avait cédé.

Lampe de poche à la main, il courut au fond du tunnel. Il y avait des armes automatiques là-bas, ou en tout cas il pouvait essayer de s'enfuir par le trou.

La femme, le front perlé de sueur, a pris une mitraillette et s'est tenue dos à l'ouverture, pressant pour voir si à un moment donné cela pouvait être son point de fuite.

La sueur monta quand il réalisa que cet effort était totalement inutile. La pierre placée à l'extérieur, bouchant le trou, n'avait pas bougé du tout.

Il se souvenait très bien que les deux hommes qui étaient partis peu avant ont eu recours à un dur effort conjoint pour se déplacer.

Il ferma les yeux un instant et se dit de se calmer. Après tout, ils ne l'avaient pas encore découverte, et elle avait une mitraillette dans les mains.

Il éteignit la lampe torche et se tint dans un coin, immobile, les yeux écarquillés dans le noir.

Un étrange sourire plia ses lèvres, pensant qu'un sursaut dans le temps, par surprise, pourrait lui éviter bien des ennuis.

* * *

La porte céda et Max Kropelin entra. Otto et Gretel suivirent, chacun tenant un pistolet et tous ses sens tendus.

"Peut-être qu'il y aura une surprise," murmura Max. "Il doit y avoir quelqu'un, puisque la lumière ne s'est pas éteinte toute seule. Et personne n'a quitté la maison après.

Ils attendirent quelques instants pour s'habituer à l'obscurité et se faire une idée de la disposition de la maison.

Une légère odeur féminine atteignit les narines de Max.Il jeta un coup d'œil vers une porte entrouverte à l'arrière de la maison. Il sourit légèrement, se souvenant très bien de l'odeur de Sonia lorsqu'ils tombèrent sur le "Malnihöus".

"Couvre les autres portes, Otto," marmonna Max. Ne bougez pas d'ici, Gretel.

Sans attendre de réponse, Max commença à s'avancer vers la chambre de Sonia, sans utiliser sa lampe torche. En fait, cela commençait à paraître étrange, puisque, selon la déclaration de Gretel, il y avait au moins deux hommes dans cette maison, et Sonia dormait avec la porte ouverte. C'était un peu difficile à assimiler pour Max, alors il était extrêmement prudent et a mentalement demandé à Otto de faire de même.

Lorsqu'ils atteignirent la porte de la chambre, le parfum du Russe s'intensifia.

Max inspira profondément et sauta silencieusement dans la pièce.

Il n'y avait aucun mouvement dans la pièce et Max, déçu de voir le lit vide assez clairement maintenant, grogna de colère.

Comment était-ce possible ?

Il revint rapidement sur ses pas, s'adressant à Otto.

« Nous allons examiner les autres pièces, dit-il. Je ne serais pas surpris si la maison avait une autre issue et que nous soyons découverts d'une manière ou d'une autre.

En deux minutes, ils examinèrent les trois pièces qui composaient cet édifice moderne, probablement construit par un fou ou un capricieux, presque au bord d'une falaise dangereuse et de peu de beauté panoramique. Il semblait même que la maison n'était pas complètement finie ou qu'il y avait de nombreux défauts de construction.

"Otto.

"Quoi?

"Quelque chose sent fort pour moi," grogna Max.

"Quelle chose?

« Cette maison a été construite à la hâte par les Russes, avec la permission, bien sûr, d'être utilisée comme quartier général pour leurs opérations de sabotage.

"Tu as peut-être raison," grommela Otto. Cela signifie qu'il doit y avoir quelque chose de plus que ce que nous voyons, n'est-ce pas ?

"Le plus sûr.

"D'accord. Nous allons chercher », a déclaré Otto.

Max resta pensif un instant ; Il a ensuite dit:

"Pendant que vous cherchez la sortie, qui doit exister, je vais fouiller la chambre de Sonia. Peut-être trouverons-nous quelque chose d'intéressant; Le fait qu'ils aient disparu d'ici ne signifie pas nécessairement qu'ils nous ont découverts. Ils font peut-être quelque chose.

« Bien, Max.

Pendant qu'Otto commençait à chercher et à examiner attentivement les chambres, Max et Gretel se dirigeaient vers la chambre de Sonia,

Max sortit la lampe de poche d'une poche de sa veste et dirigea le faisceau de lumière dans un mouvement circulaire autour de la pièce, découvrant, à partir du mobilier clairsemé, composé du lit, d'une chaise, d'une table de chevet et d'une petite commode, qu'il n'avait pas en pensant que cette maison était un abri d'urgence.

"Regarde dans la commode, Gretel," dit Max alors qu'il se dirigeait vers la table de chevet.

Gretel n'avait même pas vraiment besoin d'ouvrir un seul tiroir d'armoire. S'exclama :

"Max !

L'Allemande se retourna rapidement et se dirigea vers Gretel, qui tenait une enveloppe dans sa main droite. Max la prit et soupira en voyant l'inscription sur l'enveloppe ; en russe : « Shoversenno sekretno »

"Bien..." murmura-t-il. Je suppose que je ne me trompe pas : c'est l'enveloppe d'instructions que portait Yfremov.

Gretel se mordit pensivement la lèvre inférieure tandis que Max plaçait la lampe de poche sur la commode pour ouvrir l'enveloppe.

Il a déchiré une extrémité et a retiré le contenu,

« Merde ! » marmonna-t-il, déçu. Qu'est-ce que cela signifie ?

L'enveloppe contenait une série de papiers... vierges. De simples draps blancs, sans une seule ligne écrite, Gretel a dit :

« Peut-être que c'est écrit avec une belle encre, Max, 'Je n'y avais pas pensé', grogna l'Allemand. Quoi qu'il en soit, je commence à me méfier qu'il en soit ainsi. Je ne peux pas imaginer Sonia oublier cette enveloppe sur la commode, tu comprends ? En plus, cela me fait soupçonner bien d'autres choses. Par exemple : Yfremov connaissait les instructions par cœur et voyageait avec cette enveloppe, qui pouvait lui sauver la vie, si quelque ennemi, la Gestapo ou nous, s'installait pour lui, vous comprenez ?

"Oui. L'enveloppe était un crochet qui, s'il disparaissait, lorsqu'Yfremov le portait, l'aurait averti qu'il était découvert, prenant ainsi les précautions destinées à disparaître.

"Je pense que oui" grommela Max- ". Par conséquent, nous savons maintenant positivement qu'Yfremov a communiqué verbalement les instructions pour le sabotage à venir. Et le fait que cette maison soit vide signifie, très probablement, que les choses sont en cours ...

Max avait pâli et son front commençait à briller.

"Nous devons faire quelque chose", a-t-il poursuivi en serrant les poings, en froissant l'enveloppe, qu'il a ensuite jetée au sol, furieux.

Il était sur le point de quitter la pièce, mais Gretel l'arrêta.

"Max.

L'Allemand regarda la femme dans les yeux. A présent, les pupilles de Gretel avaient perdu cet air de détachement froid. Dans la pénombre, son visage, ombré sous des pommettes hautes, prenait une autre expression, plus jeune.

Max attendit que Gretel parle.

"Ce n'est pas impossible qu'ils nous aient découverts, Max" dit Gretel

"D'accord, ce n'est pas impossible," répondit Max. Et bien?

« Dans ce cas, il ne serait pas déraisonnable de supposer que nous avons été mis en place ; qui nous attendent dans un piège.

Max pensa furieusement.

"Tu dois le découvrir de toute façon," grogna-t-il. Par peur d'un éventuel piège, nous n'allons pas laisser passer cette occasion.

Le buste de Gretel, dans une inspiration silencieuse, resserrait les vêtements de la robe.

Il n'a pas protesté du tout. Je viens de dire :

« Je suppose que vous le ferez de toute façon.

Max sourit et tendit la main droite, caressant la joue gauche de la femme, dont la peau vibrait.

« Tu es intelligente, Gretel. Horst est évidemment un homme qui sait choisir ses alliés. Peut-être qu'il commence à s'inquiéter de votre retard. Gretel sourit et dit :

« Vous devez soupçonner ce qui m'arrive. Il a beaucoup insisté sur le fait que vous êtes un homme extraordinaire, Max.

Une grimace d'amertume tordit les lèvres du jeune homme. secoua la tête,

"Pauvre Horst..." murmura-t-il. Je suis vraiment malheureuse, Gretel. Je le fais par circonstance, non pas parce que j'ai le courage, l'intelligence et les nerfs pour cette profession. Et j'avoue que lorsque j'ai eu le plus peur dans ma vie, c'était dans l'accomplissement de certaines missions d'espionnage près de la Gestapo. Même lorsqu'il combattait dans la région de Kiev en Ukraine avant l'Armée rouge, il n'avait pas si peur. Non, Gretel, je n'ai rien d'extraordinaire. Je vous ai déjà dit qu'un jour vous pourriez être déçu.

Gretel fit un pas en avant et fit face à Max. Il sentit une chaleur s'échapper de son ventre, remontant doucement le long de sa poitrine. Quand ses bras passèrent autour de la taille courte de Gretel, toute cette chaleur passa à ses lèvres, qui se posèrent sur celles de la femme.

C'était une caresse intense ; comme s'ils essayaient tous les deux de retenir quelque chose qui pourrait fuir à tout moment.

"Je t'aime, Max -" - murmura Gretel. Vous êtes extraordinaire. Et c'est extraordinaire qu'on s'aime.

"C'est..." songea Max.

L'Allemand réalisa que de la solitude la plus terrifiante de ces derniers mois, il en était venu à posséder quelque chose, quelque chose qui pourrait remplir une vie.

Il serra Gretel plus près, sentant la fermeté, la chaleur de ce jeune corps. Il l'embrassa à nouveau, fermant les yeux un instant. Il essaya de ne pas se souvenir que Gretel était vraiment un corps plus sacrifié à une cause qui était apparemment perdue.

« Allez, Gretel » murmura-t-il puis « Otto doit attendre.

"Ouais viens. Merci... de ne pas avoir parlé, Max " murmura la jeune femme, d'une voix un peu cassée ", j'ai remarqué ta tension...

« Tais-toi ! » marmonna Max. Allons-y.

Doucement, il la poussa vers la sortie de cette pièce. Ils allèrent là où ils avaient laissé Otto.

Otton n'était pas là. Il ne s'y attendait pas.

* * *

Otto, fronçant les sourcils, laissa courir sa lampe de poche sur les murs de la pièce. Ce gros Allemand blond à tête carrée et aux yeux noirs n'était pas très intelligent, mais il était rusé, et il n'allait pas se laisser berner par l'apparence qu'il n'y avait rien là pour suggérer une sortie extérieure.

Il avait déjà traversé une pièce et s'était retrouvé dans celle dont la fenêtre donnait sur la mer.

J'entendais faiblement le bruit des vagues s'écrasant contre la falaise. Il n'aimait pas l'environnement brumeux et humide ; il n'aimait pas la mer ; Il était l'homme de la terre, de la ferme.

Tout cela le dérangeait, lui donnait l'impression qu'il était loin des siens, de ce qu'il aimait tant. Il était très loin de la Polonaise...

Otto secoua la tête en réaction.

« Tu pleurerais comme un enfant, se dit-il.

Il pensa que si les murs étaient fermes, il devrait fouiller le sol.

C'était peut-être une façon de perdre du temps, mais il fallait le faire. Tout effort qu'il faisait le rapprochait un peu plus de tout ce qu'il faisait.

La lumière de la lampe de poche a commencé à chercher une rainure dans le carrelage du sol, jusqu'à ce qu'elle soit fixée sur ce tapis qui avait un léger pli.

Otto s'y dirigea et repoussa le tapis d'un coup de pied. Un étrange sourire tordit ses lèvres à la découverte du piège en bois.

Parfait. C'était là-bas. Il y avait deux circonstances : qu'ils attendaient de les avoir découverts ou qu'ils ne les attendaient pas.

Quoi qu'il en soit, il était préférable de mettre Max au courant de ce qu'il avait découvert.

Sans toucher au piège, il recula, se dirigeant vers la chambre du Russe, où logeaient Gretel et Max.

Apparemment, leurs pas silencieux n'ont pas été entendus par le couple, qui a continué à s'embrasser, tandis qu'Otto, un peu surpris, les regardait depuis la porte.

Otto resta là quelques secondes, indécis, très pâle, regardant, hypnotisé, ces corps qui semblaient ne faire qu'un.

Enfin, il prit une décision : aussi silencieusement qu'il était venu, il se retira.

Max a eu de la chance. Max n'était plus seul et terriblement loin de ses affaires.

Le gros homme sentit un léger étouffement puis une piqûre suspecte dans ses yeux. Il était là aussi à cause des circonstances. C'était un homme paisible, un grand buveur de bière et un éternel admirateur de tout ce qui est beau, surtout quand il était une femme... comme la Polonaise. Doux, jeune, misérable...

Il pinça les lèvres et se souvint que chaque triomphe le rapprochait un peu plus de tout ce qui était si loin.

Résolu, il se dirigea vers le piège sans aucun doute que Max y viendrait au premier signe de danger. Max était un excellent compagnon. Max avait un grand avenir lorsque le nazisme a disparu d'Allemagne et de la couche de la terre. Max était l'étudiant qui n'a jamais répété le cours.

Otto prit une profonde inspiration et se pencha, cherchant l'indentation dans le bois qui servait à stabiliser ses doigts. Il tira doucement et le piège commença à se soulever. Il essaya de ne pas faire le moindre bruit et s'allongea sur le sol, essayant de capter un bruit provenant de l'intérieur sombre et humide de cette bouche ouverte sur le sol.

Tout.

Les tempes humides de sueur, Otto se décida.

6

Sonia était collée dans un coin et a capté la légère clarté qui s'est faite dans le tunnel lorsque la trappe a été ouverte. Les doigts de la femme se serrèrent autour de la mitraillette qu'elle brandissait. Elle retint son souffle et regarda vers l'entrée du tunnel, alerte pour le prochain mouvement de ce qui était sans aucun doute un ennemi.

Il serra les dents quand il vit un mince cône de lumière projeté sur le sol.

Elle attendait toujours, car elle n'était pas tout à fait sûre qu'il s'agisse d'un seul homme qui était là.

La femme sentit les violents battements de son cœur. Elle croyait qu'il était impossible pour l'homme qui avançait, à supposer qu'il s'agisse d'un homme, puisqu'il ne pouvait pas encore distinguer sa silhouette, de ne pas entendre ces fortes pulsations, qu'elle sentait dans sa gorge, dans ses tempes...

De façon inattendue, le faisceau de lumière s'éleva, se projetant vers le fond du tunnel et atteignant presque complètement Sonia, qui avait collé la crosse de la mitraillette à sa hanche droite.

Un hoquet retentit, trouvant un étrange écho dans le tunnel, et Sonia appuya sur la détente de l'arme.

Otto Geissmann, surpris par cette soudaine langue de feu, n'eut que le temps d'exhaler un gémissement rauque. Il avait ressenti une vive douleur à la poitrine et avait été obligé de faire quelques pas en arrière, lâchant la lampe de poche, pour constater que la force de ses doigts avait soudainement disparu.

Avec le pistolet dans sa main droite, il a tiré deux fois, probablement par réflexe. En tout cas, les balles n'ont réussi qu'à déloger des particules de roche et de terre du plafond.

Il se retrouva assis par terre, adossé au mur mal sculpté du tunnel. Ses yeux, voilés par l'angoisse, par la douleur, étaient fixés sur la lanterne qui émettait encore un faisceau lumineux au ras du sol.

Puis cette silhouette qui approche...

C'était une femme. Otto n'était pas si mal que de ne pas découvrir que la figure appartenait à une femme.

"Le Russe..." marmonna-t-il.

Sonia, tendue, le visage contracté, quelques cheveux collés au front, au visage, à cause de la sueur et de l'humidité, est arrivée à côté du blessé.

"Qui êtes-vous? Comment es-tu arrivé là? s'enquit-il.

Otto, dans ces moments-là, la seule chose qu'il savait faire était de laisser échapper un rire étouffé. Peut-être qu'il se moquait de lui-même. Je pensais que peu importe à quel point Max était pressé, les balles étaient beaucoup plus rapides.

Infiniment plus rapide.

"J'ai parlé!

Le cri de Sonia fit grimacer Otto. Cette femme était nerveuse. Très nerveuse. Au moins, il doit avoir aussi peur qu'Otto lui-même.

« Tu es venu seul ? » continua Sonia à demander.

"Oui... C'est..., c'est : juste..." répondit Otto.

Que cherchait-il?

"Une enveloppe" dit Otto. Je... je l'ai trouvé...

" Vraiment ? ", rit désagréablement la belle Sonia.

"Bien sûr... Très intéressant.

"Mentir.

Le Russe aux traits moghols sut immédiatement qu'Otto mentait. Il pouvait même mentir en disant qu'il était seul dans la maison. Il y avait un moyen de le faire parler.

Sans qu'Otto se doute même de l'action de la femme, Sonia fit face au canon de la mitraillette aux pieds d'Otto et appuya sur la gâchette.

Encore cette langue de feu, brève, mais intense. Un hurlement de douleur fut étranglé par le cliquetis aigu de l'arme, qui grondait de manière assourdissante dans le tunnel.

Otto baissa les yeux sur ses pieds ensanglantés. Il sentit la douleur monter jusqu'à produire d'atroces piqûres d'épingle dans son cerveau.

Dans ces moments-là, il y avait un bruit sourd dans l'escalier en terre battue, et Sonia, perdant son sang-froid pendant quelques secondes, a tiré à nouveau, alors qu'elle se retirait vers le fond du tunnel, jusqu'à ce que son dos soit collé à ce foutu rocher qui n'a pas cédé. manière. Je ne pouvais pas sortir de là...

* * *

"Max...

Max était livide, fixant ce piège ouvert, comme une bouche monstrueuse.

Entendant le murmure de Gretel, il la regarda et dit :

— J'ai entendu, Gretel. Reste ici. Je vous supplie de fuir si je tarde à revenir ou si je ne montre pas signe de vie.

Gretel se mordit la lèvre, mais ne put empêcher deux larmes de lui monter aux yeux.

"Ça ne peut pas être si long..." murmura-t-elle, s'adressant plus à elle-même qu'à Max lui-même.

L'Allemand caressa silencieusement les cheveux de la femme. Il suffisait de la regarder dans les yeux.

Il tressaillit lorsqu'il entendit à nouveau ce bruit fort des détonations, qui semblaient vouloir s'échapper par la trappe ouverte, Max, sans plus attendre, tentant de toutes ses forces d'oublier Gretel, qui le regardait toujours avec de grands yeux, comme s'il ne croyait pas que cela pouvait arriver, il jeta une boîte d'allumettes dans les escaliers.

Immédiatement, une nouvelle chaîne de barrages à sec a suivi, ce qui a fait sourire l'Allemand durement.

Dès que l'écho des coups cessa, il descendit ces escaliers, s'accrochant aussitôt au mur de terre, dirigeant le canon de son pistolet vers le fond du tunnel.

Il a vu la lumière briller qui n'éclairait qu'un seul mur du tunnel bien qu'elle se réverbère suffisamment pour que cette zone soit illuminée,

Max a vu Sonia.

Il la vit plaquée contre le mur, immobile, cherchant activement la silhouette de l'homme qui devait s'avancer vers la lumière.

Mais Max n'avançait pas. Il a juste visé calmement et a appuyé sur la détente. Pour deux fois. La double flèche semblait presque ridicule par rapport à la puissance de la mitraillette de Sonia.

Cependant, c'était suffisant.

Il y avait un halètement et, s'il y avait de la lumière. Max aurait pu voir une tache de sang se répandre rapidement, tragiquement, le long de l'épaule gauche de Sonia. Du sang trempait sa robe le long de sa poitrine presque jusqu'à son ventre.

Collé contre le mur, Max s'avança assez pour entendre les halètements de Sonia, qui se débattait inutilement pour ramasser l'arme qui lui avait glissé des mains.

Déjà habitué à cette lumière, Max, sautant par-dessus les jambes tendues d'Otto qui avait perdu connaissance, courut vers Sonia.

"Calmer!

L'ordre est venu net, dur, des lèvres de Max. Il était arrivé à côté de Sonia et avait mis le pied sur la crosse de la mitraillette, en même temps qu'il projetait la lumière de sa lampe torche vers les yeux de la femme.

Il a semblé s'effondrer soudainement et a cessé de lutter pour récupérer la mitraillette.

Max aurait juré qu'un sanglot était sorti de la gorge de Sonia. Cependant, il était assez sceptique quant à la capacité ou à la capacité de Sonia de pleurer. Il ignora la moindre attention et frappa le poignet de Sonia avec le bout de sa chaussure, qui resta immobile, fermant les yeux pour libérer ses yeux du supplice de cette lumière fixe.

Max soupira.

"Je suis heureux que vous compreniez qu'il est inutile de chercher une issue", a-t-il déclaré. Je détesterais devoir te tuer, Sonia.

"Tire," dit la femme d'une voix rauque.

Max rit doucement.

"C'est curieux. Vous m'avez déjà demandé une fois, il y a quelques heures. N'importe qui dirait que vous êtes clairvoyant... Je ne sais pas si vous me comprenez : je veux dire que vous pouvez bien mourir de mes mains.

Sonia ne répondit pas. Elle continua à éviter la lumière, faisant perdre à Max de voir ses yeux très noirs, qui piquaient furieusement.

"Nous savons que deux hommes étaient avec toi, Sonia" dit Max. Où sont-ils?

Soyez silencieux.

"Est-ce que ce tunnel a une sortie ?", demanda Max.

Sonia n'a pas répondu à la question. A son tour, il demanda :

« Comment avez-vous découvert cette maison ?

"Une femme. Il est vrai que les femmes jouent toujours un rôle important dans l'histoire. Mais je veux te rappeler que je demande, Sonia. Et j'espère que cette fois vous ne répondez pas par des mensonges. Où sont les deux hommes qui vous accompagnaient ?

"Je ne sais pas.

Max serra les dents. J'aimerais avoir le courage de frapper une femme. Il fallait qu'il se ressaisisse, même si cette femme était blessée et que le sang formait un caillot brillant sur le buste de cette robe noire.

Ce désir semblait se transmettre simultanément du cerveau aux nerfs de Max, qui, brutalement, a frappé avec le canon du pistolet sur le visage de la femme, la faisant crier de douleur.

"Où sont-ils. Sonia ? D'où viennent-ils? s'enquit-il.

Sonia était sur le point de perdre connaissance. Elle aurait volontiers éclaté en sanglots, pour mieux supporter cette douleur latente dans son épaule gauche. Il avait deux balles presque proches l'une de l'autre, mordant sans relâche sa chair.

"Le tunnel... a une sortie..." haleta-t-il. En ce moment, mon dos la bloque.

"D'accord. Mais j'ai demandé autre chose.

"Oui...

Elle parut s'évanouir, mais fut réveillée par un nouveau coup, qui fit éclater ces lèvres rouges et pulpeuses que, en d'autres circonstances, Max aurait voulu à côté des siennes. Max, et n'importe qui.

" Sonia.

La femme secoua sa tête. Brumes La douleur. Angoisse.

« Avez-vous découvert l'enveloppe ? » s'enquit-il.

"Bonne imposture," grogna Max. Oui, nous l'avons trouvé. Et que ? Naturellement, nous soupçonnons qu'Yfremov a donné les instructions verbalement. Est-il possible qu'elles aient lieu ce soir ?

Sonia hocha lentement la tête. Il a ensuite dit:

"Oui cette nuit. Cela n'a plus d'importance que je le dise. Il est inutile que vous tentiez de neutraliser notre action...

Max plissa les yeux. La main tenant la lampe de poche vacilla légèrement.

"Peut-être pas, Sonia" dit-il froidement. Ces deux hommes sont-ils prêts à saboter de nouvelles cargaisons d'acier ? Quels sont les navires qui doivent transporter la cargaison ? Vous savez tout cela et je vais le savoir aussi.

Max fut surpris par la réaction de la femme. Il a juste ri de façon hystérique puis, de manière inattendue, sa tête a penché du côté droit. Il se figea, respirant très faiblement. Les poings de Max se serrèrent frénétiquement autour de la lampe de poche et du pistolet qu'il tenait.

Toujours pas très convaincu que l'évanouissement de Sonia était légitime, il frappa un nouveau coup contre le visage de la femme. Seul un léger gémissement sortit de la gorge de Sonia et elle s'effondra au sol, exposant l'ouverture du tunnel.

Cependant, Max, à ces moments-là, considérait qu'il y avait des choses plus urgentes.

Il quitta Sonia et courut vers les escaliers qui menaient à la salle des pièges. Elle entendit Gretel soupirer de soulagement, qui était agenouillée par terre, observant ce qui pouvait se passer dans ce tunnel lugubre.

Avant que Gretel ne puisse ouvrir la bouche, Max Lijo :

« Recherchez tout ce qui peut être utilisé pour désinfecter et panser les plaies.

"Max, quoi ?...

Gretel s'interrompit. Max n'écoutait pas. L'Allemand avait de nouveau disparu, se dirigeant vers Otto. Anxieusement, il se pencha sur la puanteur ; il colla son oreille à la poitrine ensanglantée d'Otto et parut soulagé d'entendre les faibles battements d'un grand cœur.

Il rassembla les deux lanternes, les laissant toutes les deux éclairer Otto, l'éclairant assez clairement.

"Otto...

Des claques douces sur les joues froides de l'homme.

D'épaisses gouttes de sueur sur le front de Max.

« Otto... !

Max secoua le blessé, dont les yeux s'écarquillèrent, jetant autour de lui un regard stupide et voilé,

"Salope... salope..." murmura Otto d'une voix rauque.

"Calme-toi" marmonna Max ".. On peut faire quelque chose pour toi. Ne bouge pas; tu ne parles pas.

On entendait les pas de Gretel s'approcher de Max et du blessé. À terre, il a laissé une trousse d'urgence et une bouteille de cognac français. Apparemment, les Russes appréciaient aussi les liqueurs qui n'étaient pas les leurs et n'avaient rien à voir avec la vodka.

Max prit la bouteille et inséra le goulot entre les lèvres d'Otto.

Il avala quelques bruissements, sentant une bouffée de chaleur, de vie. Dommage que ce soit artificiel... Mais... que diable faisait le barbare de Max ?

Il avait simplement enlevé sa veste et essayait de faire de même avec la chemise d'Otto, qui était trempée de sang.Lorsque le torse de l'Allemand fut nu, Max prit l'armoire à pharmacie.

Sans que les lèvres d'Otto ne s'écartent, Max a fait de son mieux pour arrêter le saignement causé par deux balles dangereuses. L'un d'eux, sur le côté droit de la poitrine, sous le mamelon du même côté ; l'autre, à moins d'un pouce du précédent.

« Doucement, Otto » marmonna Max « Tu t'en sortiras.

Menti.

Il mentait pieusement.

Ces deux plombs étaient mortels.

Otto savait très bien ce qui était terriblement douloureux dans sa poitrine et rit brièvement.

"C'est absurde, Max..." dit-il. Je ne m'en sors pas. Mais je ne m'en soucie guère. Vraiment. J'ai juste l'impression que...

Il a été interrompu.

L'image des corps de Max et Gretel réunis lui vint clairement à l'esprit. L'amour, peut-être le désespoir. Quelle importance la façon dont il a maîtrisé cela ? Otto l'enviait. Cette vision de vingt minutes avant l'avait abasourdi, lui avait donné une envie frénétique de quelque chose. Quelque chose : l'amour. La Polonaise... Comme elle était loin... !

"Max...

"Quoi?

Otto rit à nouveau. Ou pleurait-il ?

« Est-ce que ça vaut le coup qu'un homme meure comme ça pour rien ? Pour rien, Max ! » Le gros a failli sangloter ». Tout cela est inutile, barbare, dénué de sens... Ma ferme... J'y serais heureux, Max. Tu le sais...

"Pour l'amour de Dieu, tais-toi, Otto," murmura Max livide.

"J'ai très peur. Très effrayé, Max..." - balbutia Otto.

Max Kroplein eut un frisson. Il détourna les yeux du visage d'Otto et regarda Gretel, qui se taisait, partageant peut-être le même avis qu'Otto.

"On va te mettre à l'étage, Otto" marmonna Max. Nous allons essayer de trouver un moyen de vous sauver. Vous devez nous aider.

"Oui... oui, Max...

A ce moment, un gémissement étouffé retentit du coin où gisait Sonia.

Les regards de Max et Gretel étaient fixés sur la forme confuse du corps du Russe, se déplaçant faiblement.

— Prends soin d'elle, Gretel, marmonna Max. Je vais essayer de déplacer Otto à l'étage.

Lorsqu'il s'est approché d'Otto pour l'attraper, le blessé a semblé éviter le contact. Il appuya son dos en sueur contre le mur.

"Non... ne t'en fais pas, Max... C'est inutile. Merci d'avoir voulu me tromper, mais je connais très bien la vérité... Pourquoi est-ce qu'un homme sait toujours quand mourir ?

« Ne parle pas comme ça, Otto...

"Je te répète que je te remercie, Max... Mais, c'est inutile... Je te l'ai dit avant ça..., que je regrette seulement de ne pouvoir retourner dans ma ferme... Cette fille, la Polonaise , m'aime... J'en suis sûr, Max. Elle... elle sait que je ne suis pas son ennemi... Elle sait distinguer, puisqu'actuellement la moitié du monde croit que les Allemands sont ses ennemis... Pourquoi, Max ? Parce que?

« Oublie ça maintenant, Otto. Nous allons...

« Je ne pourrai pas résister à ce mouvement, Max... Laisse-moi...

Max, abasourdi, regarda Otto. Il le regarda avec incrédulité et réalisa qu'Otto avait raison. Tout effort pour améliorer la situation de ce grand et propre Allemand était inutile.

"Otto, je...

Il a été interrompu.

La tête d'Otto était inconsciemment appuyée contre le mur du tunnel. Il avait de nouveau perdu connaissance.

7

Il est revenu à lui-même.

Max s'approcha de Gretel, qui était agenouillée à côté de Sonia. Il la repoussa doucement, prenant la place de la jeune femme. Il tendit la main droite, prenant le menton tremblant de Sonia.

« J'ai déduit de tout cela que deux hommes ont entrepris de saboter les navires avec des cargaisons d'acier destinées à l'Allemagne. Ces navires sont sûrement sur le point de partir, il est donc certain que leurs équipages respectifs sont à bord. Il suffit que tu parles pour que beaucoup de vies de personnes neutres soient sauvées, Sonia. J'aimerais que vous le compreniez bien : des gens neutres. Ces vies ne doivent pas être abrégées.

"Les bateaux seraient également sauvés", a déclaré Sonia.

Max ferma brièvement les yeux.

« Est-ce si important ? » Demanda-t-il.

Les yeux de Sonia brillèrent. Son buste dressé tremblait, tournait, mouillé de sang.

— Pour nous, oui, dit-il durement.

Max baissa la tête.

N'avait-il pas vu de ses propres yeux, impuissants, pleurant presque de rage, ce que les SS et la Gestapo en étroite collaboration avaient fait avec les Russes capturés ? Femmes et enfants inclus. N'était-ce pas exaspérant ?

Exaspérant...

Qu'est-ce qui brillait dans les pupilles de Sonia Yourskof ? N'était-ce pas de la folie ?

"Je répète que ce sont des gens neutres", a déclaré Max.

"L'acier, c'est pour l'Allemagne", a insisté Sonia.

« Malgré cela, Sonia.

La femme a pris une profonde inspiration, ce qui l'a fait tousser.

"C'est bien. Peut-être que tu as raison". Quoi qu'il en soit, je ne pense pas qu'il y ait déjà une solution.

" Qu'est-ce que tu veux dire ? " demanda Max.

"Cela fait plus d'une heure, presque une heure et demie, que les hommes sont partis en direction du port de la ville", a expliqué Sonia- ". Les charges, fort probablement, sont déjà en place...

* * *

« Tu vois quelque chose, Kuibshef ?

"Non" grogna celui-ci.

Lubyen plissa les yeux, essayant de capter les signaux qui attendaient du port de Stockholm ; Ils étaient dans l'eau depuis longtemps, plus de quarante-cinq minutes, et l'attente commençait à énerver les nerfs des Russes, totalement invisibles dans le noir, au large du port.

"Je n'aime pas Vorostok!", A déclaré Lubyen. " Vous prenez les choses trop facilement ; comme si rien de tout cela n'était avec nous...

Il s'arrêta subitement.

Là, au loin, brillait une lumière rougeâtre. Une demi-minute plus tard, la lumière brillait à une courte distance du premier. Ils attendirent encore une demi-minute, et il clignota pour la troisième fois.

"Trois navires," grogna Kuibshef. Les choses se compliquent chaque jour.

« Ne perds pas ton temps à parler, » grommela l'autre.

Ils ont commencé à rapprocher le bateau des quais sans perdre de vue les situations marquées par le signaleur. Ils voyaient confusément, comme de grands monstres noirs, ces lourds navires qui contenaient leur précieuse cargaison.

Des silhouettes qui se dessinaient à mesure qu'ils approchaient, jusqu'à ce que le convoi composé de trois navires soit quelque chose de presque clair aux yeux des deux Soviétiques, qui avaient déjà décidé d'abandonner le canot pneumatique.

Ils étaient assez proches du port et connaissaient déjà la profondeur de ces fonds boueux.

Lubyen se glissa dans l'eau avec sa part de charge explosive. Pendant ce temps, Kuibshef a coulé le bateau, faisant flotter une bouée invisible depuis le port.

Les deux hommes nageaient vers les navires sans faire d'éclaboussures. Il est vrai que ses précautions étaient presque inutiles, puisque l'équipage des navires marchands ne s'inquiétait généralement pas de ce qui se passait dans les eaux du port.

Un peu plus tard, ils ont disparu de la surface après avoir traversé un panneau.

Tous deux ont fouillé les coques des navires, essayant de placer leurs charges magnétiques à explosion retardée dans les points les plus vulnérables du navire.

Les charges, de type « lamproie », étaient réparties selon l'expérience que possédaient déjà ces deux hommes, qui pouvaient être comparés à d'étranges monstres marins, bien qu'ayant les mains glacées de froid et les poumons sur le point d'exploser.

De temps en temps, un visage meurtri par le froid faisait surface. Une bouffée d'air avide suffisait à renvoyer l'homme à la recherche du prochain point où il devait placer la charge.

L'opération s'est déroulée rapidement, mais sans nerfs, calmement.

Le premier à nager jusqu'à l'endroit où le bateau a coulé est Lubyen, qui a localisé la bouée. Il était facile de couler et de récupérer le bateau, quand l'autre est arrivé.

Ils prirent tranquillement leurs postes et commencèrent leur retour à leur quartier général.

Une fois de plus, ils regardèrent ces silhouettes, déjà floues, qui allaient bientôt exploser. Chaque explosion de "lamproie" s'ensuivrait, un frisson du navire en question, et un nuage d'eau sauterait violemment.

Comme toujours. Puis le navire, gravement endommagé, coulerait avec son chargement d'acier.

***

Max Kropelin serra les poings. Mentalement, il suivait les mouvements de ces hommes et imaginait ce qui allait se passer.

" De quels navires s'agit-il, Sonia ? " demanda-t-il. Connaissez-vous leurs noms ?

"Non.

« Réfléchissez-y », a déclaré Max, souriant froidement.

Un éclair de peur a traversé les papilles du Russe. Max devina qu'il ne connaissait vraiment pas les données, il allait donc être presque impossible d'empêcher les explosions ou, au moins, pour les équipages d'abandonner le navire.

"D'accord," soupira Max. J'espère que c'est votre dernière opération. Qui est en charge de votre groupe ?

"Je" dit Sonia.

« Avez-vous d'autres hommes que ces deux-là ?

Soyez silencieux.

Max secoua la tête.

« Je suis prêt à te détruire, » dit-il. Votre réseau de sabotage doit disparaître. Ils peuvent envoyer d'autres agents, mais je vous assure que ce ne sera pas facile pour eux de s'organiser. Je sais que vous êtes ici depuis avant le début de la guerre. Les Russes ne se sont pas endormis, mais gardez à l'esprit que le reste d'entre nous commence à se réveiller maintenant.

Un ricanement de mépris effleura les lèvres du Russe.

"Ne forcez pas. Je ne dirai rien d'autre. Nous verrons ce que vous êtes capable de faire avec moi », a-t-il déclaré.

"Au moins tu verras ce que je compte faire avec les deux qui doivent arriver à tout moment" dit Max en souriant durement. Quant à vous, nous trouverons une solution. Je ne suis pas un meurtrier... Je ne l'ai pas été jusqu'à maintenant.

Gretel regarda Max un peu effrayée. La jeune Allemande ne pouvait cacher son inquiétude ; le séjour dans ce tunnel l'a noyée.

"Max... montons à l'étage" dit-il. Otto ne tiendra pas longtemps ici.

"C'est bien. Allons-y.

Il se rapprocha de Sonia, la forçant à s'asseoir. Puis il la poussa en avant. La femme ne résista pas et se mit à marcher sous la menace du pistolet que Max avait donné à Gretel.

Max se dirigea ensuite vers Otto et mit le goulot de la bouteille de cognac français entre ses lèvres pâles. Otto sembla se ranimer.

"On va sortir d'ici, Otto-" grogna Max- ". Lève-toi et appuie-toi sur moi, Otto eut un rire brisé.

"Se lever ? Je les ai détruits... Regarde-les, Max.

Max braqua la lampe de poche aux pieds d'Otto et pâlit horriblement quand il vit ce qui s'était passé. Le pied droit était écrasé, défait. Il ne pourrait jamais l'utiliser... en supposant qu'il ait survécu à ses blessures à la poitrine, ce dont Max doutait.

Cependant, Max a réagi. Mentionné:

"D'accord. Je te porterai sur mon dos, Otto n'a pas protesté. Elle allait s'accrocher à toute chance de se sauver, aussi faible soit-elle.

Elle sentit l'épaule de Max sur son ventre puis se balança, comme Max se balançait légèrement, sous le poids d'Otto.

Max fit un signe et Gretel força Sonia à avancer. Lorsqu'ils atteignirent l'escalier, la première à monter fut Gretel. Une fois à l'étage, elle força Sonia, qui l'avait précédée, à se tenir dans un coin de la pièce, à l'écart de la porte. De son côté, Gretel a attendu Max, l'aidant à déplacer Otto.

Il a été soigneusement placé sur le sol, le dos contre le mur.

Une fois l'opération terminée, Max se dirigea lentement vers Sonia, qui resta debout, livide, se mordant les lèvres pour ne pas crier de douleur.

"Tu as eu le temps de réfléchir, Sonia" dit Max.

" Me libérerez-vous si je parle ? " demanda la femme.

"Essaye" Max sourit en coin.

A ce moment il y eut un bruit à la porte de la maison et Max, réagissant rapidement, sauta sur Sonia, la bâillonnant avec sa main droite avant que la femme ne puisse crier.

Max écrasa la femme avec le poids de son corps et fit signe à Gretel, qui s'appuya contre le mur près de la porte d'entrée de cette pièce.

La porte s'était ouverte et la lumière du couloir s'allumait, laissant un homme parfaitement visible, qui commença à marcher vers la chambre de Sonia.

Max gloussa silencieusement et regarda la nuque de Sonia. Il faudrait un seul coup pour se débarrasser d'elle pendant un moment. Il laissa tomber sa main gauche, sur le côté, sur la nuque, et il remarqua que le corps de Sonia se détendit. Il la posa et dégaina son pistolet.

Il marcha sans bruit jusqu'à la porte et murmura :

« Ne bouge pas, Gretel.

Il quitta cette pièce et suivit cet homme qui avait également allumé la lumière dans la chambre de Sonia et regardait, perplexe, autour de lui.

"Ne te retourne pas," ordonna sèchement la voix de Max.

Le corps de l'homme sursauta brusquement, mais il obéit. Il se figea, tournant le dos à Max qui avançait vers lui. La première chose que Max fit fut de glisser sa main gauche le long de la poitrine du Russe, trouvant un pistolet sous son aisselle gauche.

Il le jeta sous le lit de Sonia et dit :

"C'est mieux ainsi.

"Où est Sonia?", A demandé le gars.

"Dors maintenant. Tu as un travail. Allons-y.

Il l'a fait se retourner puis l'a poussé dans la salle des pièges, où se trouvait le téléphone. Avec la lumière venant du hall, il suffisait de voir le disque de l'appareil, et Max commanda :

« Appelez les bureaux du port et indiquez le nom des navires qui risquent de sauter.

Le Russe cligna des yeux.

Il jeta un coup d'œil autour de lui et découvrit Sonia immobile au sol, Otto qui le regardait avec des yeux voilés, et la silencieuse Gretel, dont la main droite tenait aussi un pistolet.

"Je ne ferai rien de tout ça," grogna l'homme.

Max a claqué le canon du pistolet dans l'oreille gauche du Russe, qui a hurlé et a chancelé.

Le cri de cet homme accéléra la guérison de Sonia, qui frémit et ouvrit les yeux, elle se mordit les lèvres en voyant sa compatriote et murmura :

"Vorostok... Idiot.

Vorostok la regarda, impuissant.

"Je t'ai appelé au téléphone" dit-il- "Comme tu ne répondais pas, j'ai décidé de découvrir ce qui se passait.

— Tu pourrais prendre des précautions, dit sèchement Sonia.

"Je ne suis pas aussi intelligent que vous", a déclaré le Russe.

"Assez. Je tirerai pour tuer si dans les cinq secondes vous n'avez pas communiqué avec les bureaux du port » intervint Max, se plantant devant Vorostok, le fixant.

Le satin détourna le regard pour le fixer sur Sonia. Mentionné:

« Je ne suis pas trop courageuse non plus, Sonia.

La femme haussa les épaules. Il pencha la tête pour cacher la lueur dans ses yeux. Vorostok n'était certainement pas un homme intelligent. Mais il mentait sur sa valeur. Cela signifiait qu'il y avait une chance de renverser le cours de la situation. Vorostok ferait quelque chose...

Le Russe, étroitement surveillé par Max, prit le téléphone et tendit la main droite comme pour composer le numéro correspondant.

Ce qu'il a fait, c'est claquer le combiné contre la main armée de Max.

Le coup a fonctionné et Max, surpris, a été contraint de dévier l'arme du corps de Vorostok. Sa réaction immédiate fut de frapper l'estomac de Max avec son poing gauche puis un coup avec son coude droit au visage, ce qui fit reculer Max de plusieurs pas, jusqu'à ce qu'il trébuche sur le trip tendu par Sonia, qui tendit les deux mains vers lui. Le pistolet que l'Allemand tenait lâchement.

Sonia a pris le pistolet, mais déjà Gretel, qui était sortie de sa stupeur, lui tirait dessus, manquant, mais laissant à Max le temps de se reconstruire et d'empêcher Sonia de tirer à son tour.

Le deuxième coup de Gretel vise le corps de Vorostok : il vibre, mais la balle ne parvient pas à contenir le bond du Russe vers la fenêtre d'où l'on voit la mer.

Vorostok a brisé la vitre, protégeant son visage de ses mains et de ses bras, mais son corps n'a pas traversé le cadre de la fenêtre.

La deuxième balle tirée par Gretel sur Vorostok était bien mieux ciblée, creusant le centre de son dos.

Sa force soudainement perdue, son élan coupé, Vorostok s'effondra contre les bords du verre brisé. Un cri de douleur résonna dans la pièce ; un cri qui fut brusquement coupé, et Vorostok tomba en arrière au sol, montrant sa poitrine ensanglantée, avec plusieurs petites crêtes incrustées dedans. Ses yeux portaient une expression de folie déjà figée par la mort.

Gretel, d'une pâleur mortelle, la main droite pendante molle à côté d'elle, regardait, hypnotisée, ce corps couvert de sang.

Pendant ce temps, Max avait complètement dominé Sonia, récupérant son arme.

"Maudit assassin !" Grogna Max, "Beaucoup de gens vont mourir, Sonia. Des gens qui n'ont pas à mourir.

"Plus rien ne peut être aidé", a déclaré Sonia. Vorostok était le seul à connaître les noms de ces navires. En revanche, même s'il avait communiqué avec les bureaux du port, ils n'auraient rien obtenu non plus. Les charges vont exploser à tout moment.

« Ce qui signifie que ces deux hommes vont bientôt arriver ici. Ils doivent arriver... » marmonna Max.

Sonia ne répondit pas.

Il respirait aigrement, et dans ses yeux on voyait la lueur que produisait la fièvre de ses blessures, qui ne cessaient de couler de sang.

"L'armoire à pharmacie, Gretel," marmonna Max.

"Non..., ne t'inquiète pas trop pour moi," dit Sonia d'une voix rauque. Je ne pourrai pas vous remercier.

Mais Gretel descendait déjà les escaliers du piège, à la recherche de l'armoire à pharmacie. Elle est revenue peu après et c'est elle-même qui s'est penchée à côté de Sonia, déchirant sa robe, pour dévoiler une épaule blanche, ronde et chaude.

Max s'éloigna de là et se dirigea vers le piège, le fermant. Il ne s'inquiétait nullement de l'arrivée des deux saboteurs de la base, car dès qu'ils ouvriraient la trappe, ils se retrouveraient face au canon de son pistolet.

Puis Max s'est approché d'Otto.

"Hé, Max... J'essaie d'attraper la bouteille depuis longtemps," marmonna Otto.

Max, sans dire un mot, tendit à l'autre la bouteille de cognac.

Otto but une gorgée et les larmes lui montèrent aux yeux.

« Donnez-moi une arme, Max », a-t-il dit plus tard. Je vais essayer de t'aider.

"Pas besoin, Otto," grogna Max.

« Donnez-moi une arme... ! » explosa l'homme de façon hystérique, saisissant Max par les revers de sa veste légère, sale de boue et éclaboussée de sang.

Max, calmement, se détacha des mains d'Otto.

"Calme-toi, Otto," dit-il. Je suis assez seul.

Otto plissa les yeux. Son visage était luisant de sueur.

" Tu as deviné ce que je pense, hein ? " grommela-t-il.

Max le regarda en silence.

"Tu dois comprendre, Max," marmonna l'homme. " Je n'en peux plus de ces douleurs... « Donnez-moi un pistolet... Ou la bouteille. Fais quelque chose, Max... Tu ne m'entends pas ?

Max baissa la tête.

"Je ne peux pas accéder à ça, Otto," marmonna-t-il.

"Alors sors-moi d'ici.

« Deux hommes sont toujours portés disparus. On ne peut pas partir maintenant, tu comprends ? Si nous les laissons en vie, tout aura été inutile... Même votre sacrifice, Otto.

« Mon sacrifice... Qu'est-ce que ça me fait, bordel ? Je ne voulais pas la guerre, Max... Pourquoi devrais-je mourir ? Je veux retourner en Allemagne... Je n'aurais pas dû partir de là... Je n'aurais pas dû partir...

Max tendit la bouteille à Otto et dit :

« Buvez, Otto.

"Eh bien... Tu penses que je suis un lâche, que je ne peux pas supporter la douleur, hein, Max ?"

"Ne dis pas de bêtises.

« Tu me trouves courageux ?

« Cela n'a plus d'importance maintenant, Otto.

"Pas clair...

Otto but à nouveau. Seul l'alcool, qui lui brûlait l'estomac, a pu atténuer la douleur intense causée par ses blessures.

Puis, son regard un peu voilé se posa sur Sonia, qui résista, en se mordant les lèvres, à la cicatrisation de ses blessures. Elle, la maudite, l'avait tué.

" Qu'est-ce que tu vas faire de cette femme, Max ? " demanda-t-il, sans quitter des yeux l'épaule nue de Sonia.

"Je ne sais pas...

"Je le veux," coupa Otto.

Max inspira profondément. Il savait très bien à quoi pensait Otto en ce moment. Naturellement, il aurait été très confortable pour lui de laisser Otto tuer le Russe. Pourtant, Max se tenait pour responsable de ce qui pourrait arriver, et il n'aimait pas l'idée de laisser Otto assassiner froidement la femme.

C'est vrai, ça résoudrait un problème pour lui, mais... Pourquoi diable le pire arrive-t-il toujours ?

"Je ne pense pas que tu te sentiras satisfait après avoir tué Sonia, Otto-" marmonna enfin Max. " C'est bien ce que vous pensiez, non ?

Otto but à nouveau. Il s'adossa au mur.

"C'est vrai," songea-t-il. Tu sais que je commence à me sentir beaucoup mieux, Max ?

Max regarda la bouteille.

"Je le fête," murmura-t-il.

" Que comptez-vous faire maintenant ? " demanda Otto.

"Attendre à. Je te l'ai déjà dit.

"Et après?

Max fut surpris par la question.

« Plus tard ? - » grogna-t-il. Je ne sais pas. je n'ai rien décidé,

« Tu retournes en Allemagne ?

« Ce n'est pas si facile, Otto.

"Bien sûr... Ce n'est pas facile. Je n'ai jamais ressenti autant d'envie de revenir qu'à cette époque, " dit Otto " Max. Je pense que je ferais certaines choses différemment.

« Vous regrettez quelque chose ?

Otto a souri, qui a tremblé, se transformant en ma grimace.

"Je regrette ce que je n'ai pas fait, Max", dit-il. Je suppose que quelque chose comme ça doit être ressenti par tous les mourants. On a l'impression qu'il a bêtement gâché sa vie

Un filet de sang coulait du coin gauche de la bouche d'Otto. Max dit d'une voix rauque :

« Ne parle plus. Otton. Reposez-vous bien.

8

Le canot pneumatique s'est collé silencieusement à la paroi rocheuse de la falaise. Avec un fil de fer solide, il a été fixé au rebord d'un rocher et les deux hommes ont consacré leurs efforts à exécuter le rocher qui couvrait l'entrée du tunnel de l'extérieur.

Quand ils ont réussi, Lubyen s'est glissé à travers l'ouverture, puis a aidé Kuibshef. Une fois les deux hommes à l'intérieur du tunnel, ils ont hissé le bateau en tirant sur le fil. Ils l'ont dégonflé en le déplaçant à l'intérieur.

L'ouverture a été fermée et Lubyen a atteint un rebord naturel, où la lanterne a été laissée pour de tels cas.

Il ne l'a pas touchée sur l'étagère ; il appuya simplement sur l'interrupteur et la lumière frappa l'endroit où les agents soviétiques avaient laissé leurs vêtements.

Les deux hommes ont enlevé leurs combinaisons en caoutchouc, portant des vêtements normaux.

"Je sens la poudre à canon, Lubyen," grogna Kuibshef.

"Chose futile.

« J'ai un nez très fin.

Lubyen l'ignora.

« Tu es prêt ? » grogna-t-il,

"Oui.

Lubyen prit la lampe de poche et descendit le tunnel, se dirigeant vers les escaliers.

Kuibshef se sentit étrangement mal à l'aise. Ça sentait la poudre à canon. Bien sûr, Lubyen était beaucoup plus intelligent que lui, mais lorsqu'il s'agissait d'apprécier le danger, Kuibshef avait un instinct très développé. Ce n'était pas la première fois que sa vie entrait en jeu.

Lubyen pensait apparemment à autre chose. Il monta les escaliers et poussa le piège avec sa main gauche. Il a sorti la tête

73

Il vit, très fugitivement, comme un éclair qui enferma la mort, que les ténèbres étaient tronquées, violemment, sauvagement.

Fugace. Très fugace.

Lubyen ne savait même pas que son cri était hideux. Un cri court et brisé.

Avec deux balles dans la tête, Lubyen laissa le piège se refermer et descendit les escaliers, laissant tomber la lampe de poche et courant sur Kuibshef.

Les deux hommes sont restés sur le sol humide. Kuibshef, secouant le poids du cadavre de Lubyen, prit la lanterne et recula vers l'ouverture de la falaise sans douter un seul instant que son compagnon était mort. Il avait brièvement vu le front brisé de Lubyen.

Sentir que l'angoisse, la terreur, lui formaient une boule dans la gorge. Kuibshef recula jusqu'au bout du tunnel et essaya de déplacer la roche solide.

C'était inutile. Il a fallu deux hommes forts pour le déplacer.

D'épaisses gouttes de sueur se mirent à couler sur le visage de cet homme qui regardait désespérément autour de lui, cherchant une issue qui n'existait pas... Ouvrir le piège et se faire exploser la tête comme Lubyen ?

"Non, non ..." - murmura-t-il d'une voix rauque.

Cependant, il a commencé à marcher vers les escaliers. Il se sentait acculé, coulé. Qu'est-ce qui a pu arriver ?

* * *

Tandis qu'Otto, presque ivre, riait silencieusement lorsque le piège se referma, Gretel au bord de l'évanouissement, regarda Max avec étonnement.

Il avait tiré deux fois sans sommation sans rien attendre. Il avait tué avec plaisir pour le faire. Cela se lisait dans ses yeux à ces moments-là. La mort a été vue dans les pupilles bleu-gris de Max.

"Max..." murmura Gretel, comme un reproche.

Max plissa les yeux.

"Jusqu'à présent, un est mort", a-t-il déclaré. Une seule, Gretel. Je ne peux pas pardonner à ces hommes et je ne me soucie pas de leur apparence. En plus, je viens d'avoir une idée. Rapproche toi.

Gretel, abasourdie, obéit.

De nouveau, elle croyait, à ces moments-là, que Max lui était étranger. Le visage de Max était très pâle, déformé. Il était clair dans ses élèves qu'il ne mentait pas, qu'il était déterminé à tuer, quoi que ce soit.

Max regarda Gretel dans les yeux sans que son expression ne s'adoucisse. Sèchement, je commande :

« Apportez les vêtements du lit de Sonia. Pré-humidifié.

"Max... je ne comprends pas...

"Tu comprendras tout de suite-" coupa brusquement Max. Je ne peux pas oublier que des dizaines d'hommes peuvent mourir ce soir, dans quelques minutes. Des dizaines d'hommes... Vous ne comprenez pas non plus ? Je l'ai vu trop longtemps, Gretel. Trop de temps. Et pas seulement les hommes. J'ai vu mourir des dizaines, des centaines, des femmes et des enfants pour qui la guerre était cruelle, incompréhensible. Je ne peux pas le tolérer ! Les meurtriers de masse, ces épées cruelles et aveugles, doivent disparaître. Peu importe qu'ils soient nazis ou russes, ils doivent mourir. Vraiment, la guerre doit servir à quelque chose : pour que le pire meure. Malheureusement, ce n'est pas toujours le cas. Mais cela arrivera un jour. Nous serons toujours libérés des meurtriers. Les vêtements sur le lit de Sonia, mouillés ! », a crié Max.

La bouche de Gretel s'élargit, comme si elle avait du mal à respirer.

Il n'a fait aucun commentaire. Courant presque, essayant de cacher sa peur, ses sanglots, il courut vers la chambre de Sonia.

La Russe, pour sa part, regardait Max comme s'il était un étrange phénomène de la nature.À ce moment-là, la Russe ressentit une véritable panique, pensant que si Max ne retrouvait pas sa sérénité habituelle, elle allait passer un mauvais moment.

Otto riait toujours.

Il regarda Sonia, brûlant cette épaule blanche et nue de ses prunelles voilées. Il avait vraiment été stupide. La vie a de très bonnes choses qu'il avait négligées, même une fois qu'il était tombé amoureux, il choisissait maladroitement de se battre.

Absurde

Ce qu'il avait à faire, c'était d'aller n'importe où avec le Polonais, de l'épouser et d'être heureux. Putain de stupide ! Maudite cécité !

Il a choisi le parti nazi parce qu'il n'en avait pas encore connu les horreurs. Il était fier lorsqu'il a enfilé l'uniforme « Wehrmacht » et a été affecté à une division « Panzer », tout comme Max. C'est là qu'ils se sont rencontrés et ont commencé le combat avec enthousiasme.

Puis tout a changé.

La noblesse de l'armée était vautrée, brouillée par les groupes d'arrière-garde, par ces commandos SS meurtriers

Otto ferma les yeux et cessa de rire.

Il avait besoin d'un autre verre.

Il comprenait qu'il n'était pas très digne de mourir ivre, mais il ne se sentait prêt à rien d'autre. Pour lui, la dignité avait été perdue depuis longtemps ; tout le monde l'avait perdue.

Enfin, Gretel arriva, avec une pile de vêtements discrètement humides. Il la laissa, silencieusement, aux pieds de Max.

" Qu'est-ce que tu vas faire, Max ? " demanda-t-il.

" Tu ne peux pas imaginer ? " Max sourit froidement.

"Je...

"Cet homme est à moitié mort de peur," dit Max. Au moins je le serais. Après tout, tout ce que je ferai, c'est le convaincre qu'il vaut mieux mourir plus tôt.

Cela dit, Max cessa de prêter attention à Gretel et se pencha vers le paquet de vêtements mouillés. Il mit le feu au bout d'un drap et attendit que la fumée soit presque insupportable dans cette pièce.

C'est alors que Max a ouvert le piège, et avec son pied a envoyé le bûcher fumant dans les escaliers, se refermant rapidement.

Toussant, il regarda Gretel et dit :

« Ouvrez grand la fenêtre, Gretel.

La femme se dirigea vers la fenêtre, à travers la fumée, évitant le cadavre de Vorostok.

Apparemment, le verre brisé ne produisait pas une ventilation suffisante pour que la fumée s'échappe.

Gretel ouvrit la fenêtre et resta près d'elle un moment, respirant l'air extérieur à pleins poumons.

Puis il regarda Max.

Il resta alerte, debout devant le piège, immobile, sachant ce qui allait arriver.

* * *

Naturellement, la fumée n'était pas visible dans l'obscurité du tunnel, d'autant plus que Kuibshef, par précaution supplémentaire, avait éteint la lampe de poche.

Cependant, il a commencé à tousser.

Il commença à remarquer une irritation douloureuse dans ses yeux. Puis l'odeur incomparable. Il avait en effet un nez très fin et un sens exact du danger.

« Merde... ! » marmonna-t-il.

Il a tout de suite compris : soit il sortirait de là, prêt à prendre deux balles dans la tête, soit il mourrait asphyxié. S'il avait le choix, n'importe qui opterait pour la première mort. Une mort rapide, presque douce.

Il alluma la lampe de poche et prit une mitraillette du petit arsenal, qu'il plaça sous son bras droit, l'index collé à la détente, et s'avança vers les escaliers.

Il a essayé de piétiner le tas de vêtements brûlés, mais n'a réussi qu'à augmenter la fumée,

N'osant même pas respirer, il commença à monter les escaliers.

Dans un premier temps, ce qu'il a fait a été d'appuyer sur la gâchette de la mitraillette, tirant un coup de plomb qui a brisé le piège, le soulevant légèrement en raison des impacts.

Il tira à nouveau, puis rapidement, avec le même canon de la mitraillette, poussa le bois, qui s'ouvrit grand, permettant à Kuibshef d'aspirer un souffle d'air presque pur.

Une seule.

Alors que ses poumons se remplissaient d'air, ce qu'il avait craint est arrivé. Là, devant ses yeux rouges, irrités, larmoyants, la mort se déchaîne.

Max Kropelin, immuable, son pistolet serré, tira plusieurs fois.

Les éclairs ont éclaté en une seule langue de feu. Le plomb s'est séparé, malin, mortel, vers le visage de Kuibshef.

En quelques secondes, ce visage a disparu de la vue de Max, bien qu'il puisse voir des particules d'os sauter.

Une fois que le cadavre a rebondi dans les escaliers, Max a refermé le piège à la hâte, empêchant la fumée de remplir à nouveau cette pièce.

Puis, fixant le rectangle de bois, il resta un instant immobile.

"Max."

Il ne s'est pas retourné.

« Sortons d'ici, Max.

La voix de Gretel était suppliante, un peu haut perchée, comme si la jeune femme était au bord de l'hystérie.

Finalement, Max se retourna et fit face à Gretel. Les yeux de la fille étaient pleins de larmes. Il se mordit la lèvre. Peut-être que tout ce qui s'était passé avait été trop pour une femme simple, qui n'avait fait que voler des documents dans les immenses archives nazies.

"Oui..." murmura Max. Partons d'ici.

C'est alors qu'ils perçurent tous deux un gémissement étouffé, qui exprimait une angoisse indescriptible.

9

Otto se mit à glisser en direction de la femme, qui semblait s'être évanouie. Peut-être la fumée ; peut-être la douleur de ses blessures sur cette épaule qui était une obsession pour l'Allemand.

Dans ces moments de tension, ni Max ni Gretel n'avaient remarqué Otto, qui avançait lentement mais sûrement. Le brandy français devait être de quelque chose. Merde...! Otto savait que les généraux, les politiciens et les gros du parti nazi se faisaient prendre du cognac de la France occupée, ainsi que du "champagne" et quelques produits typiquement français.

Du bon cognac, oui. Ces damnés savaient ce qu'ils faisaient.

Otto toussa et remarqua qu'il devenait de plus en plus difficile pour lui de respirer. Mais il n'y attachait pas d'importance. Je ne demandais que quelques minutes de vie de plus.

Il rit étrangement, pensant qu'au moins il aurait fait quelque chose qu'il ne regretterait pas de laisser en suspens.

Il se retourna vers Sonia, qui avait toujours les yeux fermés. Très pale. Cela montrait sa gorge blanche ; une gorge palpitante qui s'agrandit devant les yeux rougis d'Otto.

Lorsqu'il atteignit la femme, Otto regarda Max et Gretel, qui ne lui prêtaient pas la moindre attention. Que Gretel, selon Otto, n'avait d'yeux que pour Max. Mieux. Idéal pour Max ; un gars chanceux.

C'est alors que les coups de feu ont commencé à retentir.

Otto n'a pas attendu plus longtemps. Il avança les deux mains, froides, raides, et entoura la gorge de Sonia.

La femme, au contact, également à cause de l'explosion des coups de feu, a ouvert les yeux et, horrifiée, a tenté de crier.

Il ne pouvait plus le faire.

"Meurs, salope..., meurs..." balbutia Otto, "Les gens comme toi ne méritent pas de vivre..., ils ne méritent pas de respirer...

Sonia a essayé de discuter, mais sa force lui a fait défaut. Ces doigts autour de sa gorge saisissaient ses nerfs, assombrissaient son cerveau.

"Max t'avait oublié..." haleta Otto. Moi non. Vous êtes le principal coupable de tout cela. Tu es le pire des meurtriers. Que vous importe si des innocents meurent... ? À quoi tu tiens ...? Vous ne l'avez jamais vu, n'est-ce pas ? Moi oui. Je l'ai vu...!

Otto, le visage rouge, les veines de ses tempes sur le point d'exploser, était à moitié debout, rassemblant ses forces déjà maigres pour serrer le cou de Sonia.

La femme avait cessé de se débattre et son visage s'assombrissait.

Gémit. Je gémis juste.

« Laisse-la tomber, Otto... Allez, laisse-la tomber... !

Il n'a rien entendu non plus.

Le géant allemand a noté un étrange plaisir à enfoncer ses pouces dans la jugulaire de Sonia. Pourtant, il n'offrit aucune résistance lorsque les mains de Max réussirent à séparer les siennes de ce cou brutalement coupé.

Lorsque Max se pencha pour examiner Sonia de plus près, il soupira et dit :

— Vous l'avez étranglée, Otto.

Otton ne répondit pas.

Vraiment, les effets de cette demi-ivresse s'estompaient et les mots de Max rebondissaient sur son cerveau gonflé et épuisé.

Il haussa les épaules et balbutia :

« Il... le méritait, Max... n'est-ce pas ?

« Sûrement, Otto. Mais il arrive que... Bon. Chose futile. J'allais dire que c'est une femme.

« C'était... c'était un monstre, hein, Max ?

Max fixa Otto. Il découvrit de l'anxiété dans les pupilles voilées de l'homme. Otto s'attendait presque certainement à ce que Max confirme que Sonia avait été un monstre. Otto attendait cette confirmation comme facteur atténuant pour apaiser sa conscience.

— C'était le cas, Otto, dit-il. Maintenant, ce n'est qu'une femme morte. Une de plus. Cela n'a guère d'importance ; Comprenez vous

Otto hocha la tête maladroitement et dit :

Merci Max.

"Bah. Maintenant, nous allons sortir d'ici. Nous retournerons en ville. Peut-être qu'un docteur te sauvera, Otto. Allons-y?

"Oui oui. Je passerais à me sauver, Max. On a fait du bon boulot, hein ? Très bonne. Bien sûr, vraiment, vous avez été celui qui a porté le poids du travail, mais je me considère aussi satisfait. Un grand triomphe, Max.

Max s'humecta les lèvres.

J'allais dire que ce n'était pas un triomphe, mais bien au contraire : un échec retentissant.

"Oui... un grand triomphe, Otto" murmura-t-il. Nous avons démantelé un dangereux réseau de sabotage soviétique. Un grand triomphe...

Il se tourna pour regarder Gretel, qui s'était approché d'eux tous les deux. Gretel remarqua que les pupilles de Max s'étaient ramollies. Il trouva même cet homme qui venait de tirer, fou de rage, détendu face à certains meurtriers.

Allez, Gretel. Aide-moi à porter Otto. Nous vous emmènerons à la voiture.

"Oui, Max,

Encore une fois, Max a porté le poids d'Otto et a commencé à marcher vers la sortie de cette maison, qui était une grande tombe. Ce fut Gretel qui ouvrit la porte donnant sur l'extérieur, et l'air emplit les poumons de Max, dans l'esprit duquel le spectacle du front brisé de Lubyen et du visage brisé de Kuibshef dansait encore.

Cependant, il a noté qu'il n'a pas ressenti le moindre remords. Après tout, ces deux hommes méritaient la mort.

Ils atteignirent finalement la voiture, garée derrière un bouquet d'arbres juste à côté de la route. Gretel se glissa dans le véhicule, prenant le siège avant au volant.

Là, la fille se sentit beaucoup mieux. D'autant plus qu'il avait laissé derrière lui cette horreur des morts.

Otto a été introduit dans les sièges arrière et Max a pris position à côté de lui.

"-Lève-toi, Gretel," marmonna Max.

La jeune femme recula, recula jusqu'à ce qu'elle ait un angle de virage. Puis il s'engagea sur l'autoroute en direction de Stockholm, dont les bâtiments, masses sombres parsemées de lumière, étaient visibles à une distance relative.

Gretel se tourna légèrement et demanda :

« Où aller, Max ?

Max resta pensif un instant.

Une idée s'insinua dans son cerveau, bien qu'il la qualifia d'inutile. C'était décourageant de savoir qu'ils ne pouvaient rien faire pour les navires sur la coque desquels les "lamproies" explosives maléfiques étaient coincées. Cependant, il a dit :

— Au port, Gretel.

Otto frissonna.

" A bâbord, Max ? " demanda-t-il faiblement.

"Pourquoi pas?

"On perd du temps... Et je saigne à mort, Max..." haleta Otto. " Je veux vivre, tu comprends ? Je veux vivre...

Ces mots, l'effort de les prononcer, semblèrent épuiser ses forces et Otto s'allongea sur le siège, respirant faiblement et les yeux fermés.

Max serra les dents. Il était clair que les minutes de la vie d'Otto étaient comptées.

Une multitude de pensées traversèrent le cerveau de Max ; multitude de souvenirs. Il semblait que sa vie avait commencé un an plus tôt ; Il était seulement capable de se souvenir de ce qui s'était passé cette année-là ; dans ce qui avait donné à sa vie un tour tragique et inattendu.

Mentalement, pour se remonter le moral un peu, il pensait qu'il avait eu de la chance après tout. Otto non. Ni Kurbjuhn ; ni d'autres comme eux. Il a préservé la vie et...

Max fixa les yeux sur les cheveux de Gretel ; ce brun foncé qui brillait comme une lueur d'espoir.

Et Gretel, oui.

Dans ces moments-là, Max souhaitait que tout soit fini ; Il voulait abandonner le combat et trouver un autre endroit où vivre avec Gretel. Cette ville, Stockholm, allait bientôt se rapprocher de son groupe d'action antinazi.

La voiture avait déjà roulé dans la ville, presque paralysée à cette heure de la nuit.

Quelques lumières ont clignoté.

"Peut-être qu'avec la voiture on attirera l'attention dans le port, et plus en ce moment, Gretel" dit Max ", se gare le plus près possible. Comme nous ne pouvons pas emporter avec Otto, nous le laisserons ici jusqu'à notre retour,

Otto s'agita.

"Non... ne tarde pas, Max..." marmonna-t-il faiblement.

"Personne.

« Je n'aimerais pas... mourir seul... ici, tu comprends ?

Max ferma brièvement les yeux.

« Personne ne parle de mourir, Otto.

« Je... je sais très bien ce que je ressens. Personne ne peut plus me tromper... Pas même moi-même », a chuchoté l'Allemand.

Il y eut un silence à l'intérieur de la voiture. Max regarda Gretel et nota la tension que la femme endurait. Ce qu'il ne pouvait pas voir, c'était les larmes qui coulaient sur les joues livides des femmes.

Peu de temps après, Gretel freinait dans une rue à côté du port, à une centaine de mètres.

Silencieusement, la fille sortit et attendit que Max le fasse.

Gretel évitait de regarder dans la voiture. Son regard était fixé sur les quelques lumières du port, enveloppées de brume, comme si la tragédie qu'on devinait l'avait hypnotisée.

"Jusqu'à maintenant, Otto," marmonna Max. J'aimerais pouvoir encore faire quelque chose pour ces navires... Otto,

Soyez silencieux.

Otto ne bougeait pas. Il ne semblait pas avoir entendu Max. Il ne semblait plus rien entendre de ce monde.

Soudain affolé, en sueur, Max se pencha, examinant les yeux fermés de son compagnon. Il abaissa la paupière inférieure d'un œil, sans qu'Otto bouge,

"Otto...

C'était un murmure glacial et étouffé.

« Mort... Mais qu'est-ce qui t'étonne, Max ? "Je me suis demandé l'Allemand." Vous l'attendiez, et maintenant...

Il sentit une boule dans sa gorge.

Lorsqu'il réagit en pensant à Gretel qui l'attendait dehors, il tenta de calmer son expression.

Lentement, il a quitté le véhicule et s'est approché de la jeune femme.

— Allez, Gretel, murmura-t-il.

Ils marchèrent vite, nerveusement, en direction du port. Ils n'avaient pas encore « fait vingt pas, lorsqu'étouffés, noyés, la première explosion retentit. Les corps des deux Allemands vibraient. Angoissés, ils accélérèrent le pas.

La deuxième. La troisième.

Ils voyaient déjà l'eau bondir, poussée vers le haut par une main sauvage et brutale. Plus d'explosions. Les cris des quelques personnes sur les quais commencèrent à se faire entendre. L'alarme a sonné.

Haletant, Max et Gretel arrivèrent devant le port et regardèrent avec stupéfaction la scène monstrueuse. L'un des navires avait déjà la poupe presque coulée et la fièvre de ses membres d'équipage a été remarquée, qui a abaissé les bateaux à la hâte, au milieu d'une grande confusion.

De l'autre côté des navires, presque simultanément à l'explosion d'une "lamproie" placée sous les réservoirs de carburant, une terrifiante fusée rouge-noir a jailli dans le ciel, et le navire a commencé à faire de l'eau rapidement.

Pendant ce temps, dans le port, des sirènes d'alarme ont retenti, ce qui a transformé tout cela en quelque chose d'hallucinant.

" Allons-y, Max... Allons-y ! " Gretel faillit sangloter. On ne peut rien faire ici. Plus rien ne peut être évité.

Max, toujours abasourdi, hocha la tête.

"Oui oui. Allons-y.

Il l'a attrapée par le bras et l'a traînée en direction de la voiture de location arrêtée au coin.

— Je ne pourrai jamais oublier ça, Max, murmura Gretel.

Max sourit amèrement. En effet, il y a des choses qu'on ne peut jamais oublier. Ils restent toujours cachés, mais vivants, latents, dans n'importe quel coin du cerveau. Il savait très bien que c'était vrai. Il savait aussi que bien des nuits Gretel sauterait du lit, angoissée par ces explosions, par cet épais brasier, par les bateaux qui chaviraient terriblement, tandis que des hommes innocents cherchaient leur salut.

Lorsqu'ils arrivèrent à la voiture, Gretel reprit sa place et Max s'installa à ses côtés. La fille regarda Max avec surprise. Elle l'interrogea de ses grands yeux bleus un peu embrumés.

"Otto est mort," murmura Max.

"Mon Dieu...

C'était ça. C'était suffisant. C'était un plaidoyer déchirant. Pour haïr la guerre, il faut la vivre de près, pas avec les archives de la Gestapo plus ou moins proches. Cela n'avait pas d'importance. Et Gretel était mal préparée à voir les gens mourir en masse, sauvagement, comme s'ils devaient quelque chose à la nature.

"Grétel...

La voix de Max était étouffée, douce. La fille le dévisagea, comme si dans ces moments-là elle le découvrait à nouveau.

— Tu dois réagir, Gretel, murmura Max.

"Je comprends," murmura la jeune femme. Que faisons-nous maintenant?

Max jeta un rapide coup d'œil vers les sièges arrière, jetant un coup d'œil au cadavre d'Otto. Il s'humecta les lèvres et dit :

« Pour l'instant, nous devons cacher le corps d'Otto. Personne ne devrait associer ce qui s'est passé dans cette maison avec les Allemands, comprenez-vous ? Tôt ou tard, les autorités suédoises la retrouveront et comprendront beaucoup de choses en découvrant le tunnel. On vous laisse croire que seuls des agents russes sont intervenus là-dedans. Quoi qu'il en soit, on peut dire qu'il en a presque été ainsi. Et de toute façon, ce sont eux les coupables. On comptera donc sur la police suédoise pour renforcer sa surveillance et je ne crois pas que les Russes insisteront pour saboter les navires dans le port de Stockholm.

Gretel hocha la tête.

"D'accord, Max," murmura-t-il en démarrant la voiture, pensant que c'était la deuxième fois cette nuit-là qu'il accomplissait cette tâche macabre.

Quelques secondes plus tard, le véhicule a disparu de cette scène.

« Qu'allons-nous faire ensuite, Max ? J'ai peur », a déclaré Gretel.

Max a pris un moment pour répondre.

— Dis-moi, Gretel... Tu penses toujours à ne pas retourner en Allemagne pour le moment ?

« Oui, Max.

"Eh bien... j'ai réfléchi et je pense que la meilleure chose serait de disparaître de Stockholm", a déclaré l'Allemand.

Gretel le regarda avec surprise.

"Mais c'est là, actuellement, que nous pourrions former un groupe antinazi fort, Max", a-t-il déclaré.

Max sourit légèrement.

"Je n'en doute pas. Mais Stockholm sera aussi, désormais, une ville vers laquelle la Gestapo sera attirée. Et, dans la mesure du possible, nous devons éviter les affrontements avec la Gestapo. Plus ils ne connaissent pas nos organisations à l'étranger, mieux c'est.

"Comprendre. Ensuite...?

« Un bon endroit serait certainement Oslo. Nous aurons aussi du travail là-bas », a répondu Max.

La jeune femme soupira.

"Ce sera Oslo", a-t-il déclaré.

"Bien sûr, nous devrons trouver un moyen de faire savoir à Horst ce que nous voulons", a déclaré Max. " Mais pour le moment, je ne veux pas y penser. Maintenant, je me retrouve... fatigué.

Après avoir dit ces mots, Max s'adossa au siège et laissa la voiture rouler, guidé par les instincts de Gretel. Une fois de plus, il reconnut qu'il avait eu de la chance.

Gretel lui jeta un rapide coup d'œil, mais ne dit rien. j'étais perplexe Depuis quand aimait-elle Max ? Peut-être pour toujours... Mais du moins, cela semblait-il. Pourtant. Qu'importait le reste ? Guerre? Elle voulait juste la paix.

Le véhicule avait déjà quitté la ville et servait à nouveau de corbillard.

N'importe où à l'air libre serait un bon endroit pour cacher le corps d'Otto. S'ils l'apprenaient un jour, beaucoup de choses auraient pu se passer. Dans tous les cas, il serait très difficile pour la police suédoise de l'identifier.

Gretel frissonna. Vraiment, cette façon d'être enterré n'était pas agréable ; il n'y avait même pas de tombe. C'était presque autant que nier que l'homme avait jamais vécu.

Il fut surpris par la voix de Max, car il croyait que ses yeux étaient toujours fermés. Max avait dit :

« Arrête ici, Gretel.

La voiture s'arrêta en douceur.

10

La voiture s'est arrêtée devant la porte de l'établissement qui les louait. Rapidement, Max et Gretel sortirent et se mirent à marcher. Le détail de la voiture pourrait être dangereux, puisque sa disparition serait signalée à la police et Gretel serait fouillé.

"Ce soir, nous allons nous séparer, Gretel", a déclaré Max. Je vous accompagnerai à votre hôtel et je retournerai à mon appartement. Je vais tout préparer pour une disparition qui n'éveille pas les soupçons, compris ?

"Oui.

Ils semblaient un peu plus animés. Ils marchaient très près l'un de l'autre et il semblait que tout cela était déjà très proche.

Ils ne semblaient pas savoir que ce serait bientôt l'aube.

Il leur fallut quinze minutes pour atteindre l'hôtel discret où logeait Gretel, Max prit la jeune femme par les épaules et la regarda dans les yeux. Il remarqua la lassitude qui dominait cette fille, dont les pupilles étaient un peu ternes, et des cercles légèrement bleutés s'étaient formés sous ses yeux.

"Je t'attendrai à la table de chevet, Gretel," marmonna Max.

La jeune femme, souriante, hocha la tête.

" Rien d'autre, Max ? " demanda-t-il.

Max regarda dans la rue, endormi.

Il enroula ses deux bras autour de la taille de Gretel et la tint doucement contre lui. Gretel avait relevé le visage et ses fines lèvres roses étaient entrouvertes.

Max l'embrassa durement et pensa que c'était une honte d'avoir à abandonner la femme maintenant. Gretel a dû penser quelque chose de similaire, puisqu'elle a embrassé Max longuement, passionnément.

"A plus tard, Max-" murmura-t-il, quand il s'éloigna de l'homme.

Max hocha la tête.

Il laissa la jeune femme se diriger vers l'entrée de l'hôtel. Une fois hors de vue, Max commença à marcher jusqu'à son appartement.

Ce n'est qu'après avoir allumé une cigarette et soufflé une épaisse bouffée de fumée dans le ciel qu'il s'est rendu compte que c'était l'aube.

De son côté, Gretel passa lentement devant la réception de l'hôtel et remarqua que les yeux endormis du concierge de service se redressaient à la vue.

L'idiot a dû croire que Gretel avait passé une... nuit agitée.

C'est vrai, mais pas dans le sens qu'expriment les espiègleries des petits yeux du concierge.

De toute façon, Gretel s'en fichait. Elle était trop fatiguée, trop abasourdie par tout ce qui s'était passé pour remarquer cet homme.

Il prit l'ascenseur jusqu'au deuxième étage et entra dans sa chambre. La surprise la laissa figée, immobile.

* * *

La table de chevet, comme tous les jours au coucher du soleil, était animée. Généralement, c'étaient des couples de jeunes qui recherchaient les endroits frais et stratégiques de ce belvédère situé face à la mer.

Il se sentait plus en sécurité cet après-midi-là, plus calme. L'atmosphère de la capitale suédoise est sereine, paisible, elle permet de se sentir bien.

Max regarda sa montre-bracelet et en déduisit que Gretel ne pouvait pas tarder à venir. Il éprouvait un réel besoin de la revoir, de la sentir à côté de lui, de l'embrasser. Gretel, par sa présence, lui indiquerait que tout ce qui s'était passé la veille n'avait rien à voir avec un rêve.

Max avait déjà une bonne idée de ce qu'ils devaient faire le lendemain.

Ils quitteraient la Suède aussi silencieusement qu'ils y étaient arrivés. La combinaison était le chemin de fer à Mariestad, sur les rives du lac de Véner. Ils pourraient y passer quelques jours, se mêler aux vacanciers suédois. Un bon endroit pour passer inaperçu. Puis Oslo.

Max leva les yeux, essayant de revoir l'arrivée de Gretel. Et il la vit.

Pour cette raison, le front de Max s'est d'abord sillonné, de sorte que ses yeux, plus tard, ont acquis une expression claire de surprise. Gretel non. Je suis arrivé seul.

Il laissa la fille et son compagnon venir à ses côtés et dit :

"Je ne comprends pas, Horst...

Le petit homme aux lunettes épaisses sourit.

Asseyez-vous, Max. Et toi, Gretel.

Les deux jeunes gens obéirent et Horst Anthelme s'assit à côté d'eux. Détendez-vous, il a allumé une cigarette. Puis il regarda Max et dit :

« Gretel m'a expliqué tout ce qui m'est arrivé, Max. Bon travail; vraiment.

"Tu es là parce que tu ne me faisais pas confiance ?" demanda Max, tendu.

"Ne sois pas stupide," grogna Horst, fixant ses yeux myopes sur ceux de Max. Il s'est passé des choses à Berlin.

"Choses?

« Nous avons été découverts. Mon organisation a été démantelée en un clin d'œil. Max "dit Horst." Je pense toujours que c'est un rêve que je sois ici en ce moment. Je ne sais même pas comment j'ai pu échapper à la Gestapo. Naturellement, mon devoir était de comparaître ici et de vous tenir au courant des faits.

Max serra les dents,

" Comment la Gestapo vous a-t-elle découvert ?" demanda-t-il,

Horst haussa les épaules.

« Vous savez déjà qu'ils sont très puissants. Il est difficile de les déjouer continuellement. Je soupçonne que la disparition de Gretel y est pour quelque chose. Cela signifie également que, peut-être, ils la localiseront et essaieront d'en savoir plus. Entendu?

Max et Gretel échangèrent un regard. Max se lécha alors les lèvres.

— J'ai compris, Horst, dit-il. Envisagez-vous de rester à Stockholm ?

Horst sourit légèrement et secoua la tête.

"Ce serait stupide, Max," répondit-il. Je suis déjà une vieille connaissance de ces fichues choses. D'un autre côté, vous avez terminé le travail d'action à Stockholm. C'est dommage qu'à la suite de ce qui s'est passé à Berlin, il soit difficile de faire de la propagande pour notre groupe.

"Ouais... C'est dommage," marmonna Max.

Horst cligna des yeux.

« Qu'est-ce qui ne va pas chez vous ? » s'enquit-il.

"Eh bien..., je pensais à Kurbjuhn et Otto. Ils sont tombés, Horst. Je ne sais pas... J'ai l'impression qu'ils sont morts pour rien. Bêtement et inutilement.

Horst resta silencieux un instant.

"Je pense que tu te trompes, Mas" dit-il finalement, doucement- ". Personne ne meurt pour rien. Son sacrifice ouvrira les yeux de beaucoup de gens ; Comprenez vous

"Et que? Si seulement on perdait la guerre...!

Horst sourit.

« Ne sois pas absurde, Max, dit-il. Pourquoi devrions-nous perdre la guerre? Cela, pour le moment, n'a aucun fondement. L'Europe entière est dominée par nos troupes. Très bien. Nous devons essayer d'aider ces troupes de notre terrain. Par exemple : l'élimination du réseau soviétique qui sabotait les expéditions d'acier suédois. Maintenant, il s'agit d'annuler le nazisme. Plus de Slaves. Plus de meurtre, tu comprends ?

Max soupira.

"Bien sûr, Horst. Parfaitement », grogna-t-il.

"D'accord. Nous allons déménager à Oslo

" Toi aussi ? " Grogna Max.

" Est-ce que ça te dérange ? " ricana Horst.

"Eh bien... Autant me déranger, non. Mais... J'avais pensé à me reposer un peu, murmura le jeune homme.

Horst fronça les sourcils. Il regarda la mer d'un air pensif.

« Nous avons besoin de toi, Max, murmura-t-il enfin. Ou pensez-vous que le combat est terminé ? Je dirais commencer, tu sais ? Les États-Unis se lanceront en force et nous devons épargner autant de dégâts que possible à l'Allemagne.

"Tu me convaincs toujours, Horst" sourit avec lassitude, Max.

"Je m'y attendais," soupira Horst.

"Déjà. Bonne nuit.

Horst était un peu surpris-

"Quoi...?

"J'ai dit bonsoir, Horst" sourit Max "Nous nous reverrons à Oslo. Cela vous semble-t-il mauvais ?

Horst regarda Max puis Gretel. La jeune fille était légèrement rougie et fixait très attentivement la table, comme si elle découvrait à ce moment-là que le plateau était en marbre.

Le vieil homme a ri,

"Les diables...! Je suis désolé, Max », a-t-il dit. En fait, les personnes âgées ont tendance à être assez lourdes. Bonne chance, Max, au revoir, Gretel,

Horst se leva et, souriant, commença à s'éloigner, suivi du regard des deux jeunes hommes. Horst n'était pas si vieux. Il a conservé une bonne partie de ses énergies physiques et une grande force mentale. L'homme qui avait défié la Gestapo de Berlin ne pouvait être n'importe qui.

Ce n'était pas le cas, en fait.

Lorsqu'il fut hors de vue, entre les jardins de l'avenue, Max regarda Gretel.

« J'avais peur qu'il s'interpose entre nous » dit Max- « . Et non. Un peu de vie doit être nôtre, Gretel. Nous avons le droit de,

Gretel sourit. Un sourire attrayant, joyeux dans ces moments-là.

"Bien sûr, Max. Allons-y ?

Max la regarda, surpris.

« Où aller ? » a-t-il demandé.

Il suivit le regard de Gretel, qui s'était posée sur ces jardins frais, regorgeant de couples ; là ils parlaient d'amour, là beaucoup d'illusions sont nées.

— J'aimerais me promener dans les jardins, Max, dit-il. J'avoue que cela m'a toujours semblé une chose très stupide et je n'ai pas eu l'occasion de vérifier le contraire. En fait, dans ma vie, il y a eu très peu de fleurs...

Il a été interrompu. Un nuage soudain avait légèrement obscurci ses yeux.

Max a compris. Gretel était aussi de celles qui s'étaient sacrifiées. Mais il fallait l'oublier. Après tout, c'était pour quelque chose... Exactement : pour quelque chose :

Il se souvint des paroles de Horst : « Personne ne meurt pour rien. Donc c'était ça. Personne ne meurt pour rien et personne ne se sacrifie pour rien. L'expression pourrait être utilisée avec beaucoup de gens. Il n'avait pas encore oublié Sonia, ces trois Russes qui s'étaient battus...

— Allez, Gretel, dit-il, interrompant soudain ses pensées. La vie devait être un peu la leur aussi.

Ils quittèrent la table de nuit en descendant l'avenue vers les jardins, alors qu'il faisait presque noir la nuit.

Il respirait bien. Il y aurait une pleine lune cette nuit-là.

Ils marchèrent quelques minutes en silence.

Ensuite, Gretel a choisi un banc en bois bien placé dans le coin.

« Asseyons-nous, Max. Je t'aime, comme on peut facilement se tromper par rapport aux autres. C'est merveilleux de pouvoir dire : je t'aime.

Max sentit une chaleur intense dans sa poitrine.

Gretel paraissait même plus jeune avec cette nouvelle lumière dans ses pupilles.

Au diable tout ! La guerre, Oslo, la Gestapo, les espions russes... La vie se savoure à petites gorgées, c'est vrai, et c'est la plus grande bêtise du monde de ne pas profiter d'une de ces quelques gorgées, mais ça peut remplir une vie .

« Merveilleux » Gretel, « murmura Max.

Ils étaient seuls sur le banc, dans ce jardin étroit. Max n'en pouvait plus d'attendre. J'avais besoin de Gretel, j'avais besoin de son baiser", j'avais besoin de cette gorgée de bonheur.

Il passa ses deux bras autour d'elle, goulûment, - et la regarda dans les yeux, brillant. Il la reconnut ;

Mystérieusement, presque sans intervenir de la volonté des deux, leurs lèvres se joignirent longuement, presque mal à l'aise.

La prochaine gorgée que la vie fournirait pourrait être amère,

FINIR

www.ingramcontent.com/pod-product-compliance
Lightning Source LLC
Chambersburg PA
CBHW051904130726
47987CB00002B/969